현자의 손자
5
광란노도의 삼국회담

린 휴즈
"해냈어! 해냈어!
이제는 지각
안 해도 돼!"
내 예상과 달리
가장 먼저 게이트 마법을 익힌 건
앨리스였다.
기뻐 보이는 앨리스와 반대로
린은 보기 드물게 분한 표정이었다.
"그런……
어떻게?"

앨리스 코너
"해냈어!
성공이야!"

시실리 폰 클로드
그렇게 말하고 확성 마도구에서 몸을 뗀 순간.
"와아아아아아아!"
이제까지 중 가장 큰 환호성이 터졌다.
다들 뭔가를 각오한 눈이었다.
역시 학생 동원이라면 죽음과 가장 가까운 인상이니까
앞으로의 수업과 현장 학습을 통해 더 강해질 필요가 있으리라.
그래서 모두 다 같이 열심히 훈련하자는 취지로
한 말이었는데 생각보다 학생들의 반향이 컸다.
박수와 환호성이 그치질 않았다.
"마왕—!"
"마왕님 멋져—!"
"잘 말했다! 마왕!"
유리 칼튼

광란노도
의
삼국회담

현자의 손자

5

요시오카 츠요시 지음

키쿠치 세이지 일러스트

최승원 옮김

현자의 손자

Content

5

서장

알스하이드 고등 마법학원의 어느 연구실 멤버만으로 결성된 마법사 집단『얼티밋 매지션즈』.

그들에게 인류의 적, 마인의 두 차례에 걸친 습격으로부터 민중을 구원한 공적으로 훈장이 수여됐다.

그중에서도 이례적인 활약으로 고작 몇 달 만에 두 번째 훈장을 받게 된 신은 알스하이드 왕국의 국왕인 디세움 폰 알스하이드에게『마왕』이라는 이명까지 받았다.

하지만 이 세계에는 존재하지 않는『마왕』이라는 단어는 민중 사이에서 마법사의 왕이라는 뜻으로 받아들여졌다.

신은 왕태자인 아우구스트 앞에서 무심코 이 단어를 꺼낸 탓에 그의 아버지인 디세움의 귀까지 전해진 것을 후회했지만, 이미 소 잃고 외양간 고치기였다.

신은 원체 주목도가 높기도 해서『마왕』이라는 이명은 눈 깜짝할 사이에 민중 사이에 퍼지고 말했다.

한편, 제국을 함락시킨 후 분열된 마인들.

비교적 보수적인 슈투름의 방식에 견디다 못해 이탈한 과격파 마인들이 직접 나서서 각국을 침공했지만, 원래 제대로 된 교육을 받지도 못한 제국의 평민 출신인 그들은 결정적으로 사고력이 부족했다.

그래서 슈투름의 측근이자 전 제국 첩보부대 대장인 제스트에게 그 점을 이용당해 마인의 가장 큰 적이 되리라 예상되는 신의 전력 분석과 약점 해석을 위한 모르모트가 되고 말았다.

그 결과, 과격파 마인들 틈에 잠복 중이던 제스트의 부하 로렌스는 두 차례에 걸친 습격으로 판명된 신의 강력한 공격력과 철벽 같은 방어력을 보고 본인을 직접 공략하는 것은 단념했다.

그렇다면 발상을 전환해서 본인이 아니라 주변부터 공략해보는 것은 어떨까.

어쩌면 이것이 신 월포드라는 규격 외 마법사를 공략할 실마리가 될지도 모른다고 판단한 로렌스는 즉시 상관인 제스트에게 보고했다.

그러자 제스트는 보고를 받자마자 다음 행동으로 이행할 준비를 시작했다.

이렇게 마인들이 새로운 작전을 고안하고 시행하려는 무렵 신 일행은 뭘 하고 있었느냐면—.

제1장 새 발견과 대발견

최악의 사태다.

어떻게든 피하려 했던 마왕이라는 호칭을 하필이면 서훈식에서 디스 아저씨에게 받고 말았다.

그런 공개석상에서 선언했으니 당연히 눈 깜짝할 사이에 그 소식은 왕도 전체로 퍼졌고 서훈식 후 내가 거리를 돌아다니면―.

"아! 마왕님!"

"꺄아! 마왕 신님이셔!"

"마법사의 왕…… 정말 잘 어울리네."

나를 부를 때마다 그 호칭이 따라붙게 되었다.

"……이젠 밖에 못 돌아다니겠어……."

그냥 걸어 다니기만 해도 남들이 마왕이라고 불러대는 통에 요즘은 외출을 자제하고 있었다.

마음 편히 밖을 돌아다니지 못하는 상황이라 시실리와 데이트하는 것도 무리여서 만나는 건 주로 집에서였다.

"뭐, 그냥 신경을 안 쓰면 되잖아요. 부끄러운 건 익숙하지 않아서니까, 익숙해지면 아무렇지도 않을 거예요."

"익숙해지고 싶지 않아……."

"팀명은 금방 익숙해졌잖아요. 그러니 호칭도 금방일 거예요."

내 옆에 앉은 시실리가 생긋 웃으며 그렇게 말했다.

변함없이 내 일을 마치 자기 일처럼 걱정해주는 정말 마음씨 고운 여성이다.

"제법이구나, 시실리. 신을 완전히 길들였잖아."

그녀의 다정함에 흠뻑 취해있자 마침 할머니가 히죽히죽 웃으면서 대화에 끼어들었다.

"예? 그, 그럴 의도는 없었는데……."

"됐으니까 그대로 잘 길들여두렴. 그럼 부부관계도 원만해질 게야."

"아, 예!"

할머니…… 그야 아내의 발언권이 강해야 부부관계가 원만해진다는 말은 나도 자주 듣긴 했지만, 아무리 그래도 길들이라는 표현은 좀 아니잖아.

"나, 시실리한테 길들여지고 있는 거였어?"

"예? 아! 아니에요, 신 군! 따, 딱히 길들이려고 한 건……."

"어라? 내 가르침을 무시하겠다는 거니?"

"아, 아뇨! 그런 건 아닌데……."

시실리가 내 태클에 황급히 말을 고치려 하자 할머니가 끼어들었다.

"할머니도 참, 불쌍하니까 그만해."

"큭큭큭."

아마 시실리가 이 세상에서 가장 어려워하는 사람은 할머니이리라.

시댁의 최고 권력자.

내 농담은 그렇다 쳐도 솔직히 할머니가 말하면 도저히 웃어넘길 수 없을 때가 있다.

그래서 시실리가 안심하도록 설명했다.

"신경 쓰지 않아도 돼. 할머니가 놀린 것뿐이니까."

그렇게 말하며 머리를 쓰다듬어주었다.

"아으…… 그런가요. 다행이에요."

그러자 울 것 같았던 얼굴이 차츰 헤실헤실 풀어졌다.

"아하하! 참 풋풋하네."

"허허, 그건 그렇고 이렇게 소란스러워서야 단둘이 외출하기도 마땅치 않겠구나."

할아버지 말대로 서훈식 후, 우리 팀원들은 마음 편히 외출할 수 없게 되었다.

다른 멤버들은 확실히 아직 인지도가 그리 높은 편은 아니었지만, 훈장을 받은 자의 이름과 개인 정보는 이미 널리 퍼졌다.

그러니 당연히 아는 사람도 나오기 마련이라 무방비하게 거리를 돌아다니다 보면 그런 사람들의 눈에 띄어서 눈 깜짝할 사이에 포위되고 마는 것이다.

"아무래도 빨리 게이트 마법을 가르치는 편이 좋겠네."

"그러게요. ……마리아는 요전에 남자들이 갑자기 말을 걸어와서 지긋지긋할 정도라고 하던걸요."

"……그러고 보니 유명해진 후에 접근하는 남자 중에 변변한 인간은 없다고 했었지. 죄다 날려버리는 광경이 눈에 선한걸."

남친이 생겼으면 싶다면서 접근하는 남자는 거절한다.

그녀를 잘 모르는 사람은 의아할지도 모르겠지만, 실은 마리아는 헌팅을 싫어했다.

그래서 오늘도 그녀는 드라마틱한 만남을 기다렸다.

하지만 현실이란 참으로 잔혹한 법이라…….

"여전히 헌팅당할 때가 많은 모양이라 결국 그렇게 됐다나 봐요. 저는…… 외출할 때는 신 군이 함께니까 괜찮지만요."

시실리는 약간 수줍은 얼굴로 말했다.

말로는 괜찮다고 하지만, 실은 그녀도 이젠 혼자서 외출하지 않는다.

아니, 외출할 수 없게 되었다.

밖에 나갈 때는 늘 나나 할아버지, 할머니와 반드시 동행했다.

친가 쪽에 있을 때도 반드시 가문 소유의 마차를 이용했고 전처럼 호위도 없이 돌아다니지도 않게 되었다.

이렇게 된 이유는 스이드 왕국에서의 시실리에 대한 평판이 알스하이드 왕국까지 퍼진 바람에 그녀를 「성녀」로 숭배하며 구원을 바라는 사람들이 많아졌기 때문이다.

혼자서 밖을 돌아다니면 눈 깜짝할 사이에 그런 사람들에게 둘러싸이는 상황.

그뿐만 아니라 좋지 않은 꿍꿍이를 가진 놈들도 있는 모양이라 전과는 다른 의미로 호위가 필요하게 된 것이다.

……사실 지금의 시실리에게 해를 끼칠 수 있는 사람은 거의 없을 테지만 말이지.

얼마 전에 우리 집을 찾아온 경비대의 올트 수사관이 성녀라는 이미지 때문에 능력이 치료에만 특화됐다고 착각해서 힘으로 어떻게 해보려는 인간들이 많다고 알려주었다.

그의 말로는 어떻게든 우리를 나쁜 일에 끌어들이려는 인간들이 있어서, 그자들을 수사하고 검거하느라 요즘 바쁘다던가.

—간단히 마인을 토벌할 수 있는 여러분을 진심으로 패거리로 끌어들일 수 있을 거라고 믿는 모양이라…… 정말 구제할 도리가 없는 놈들이죠.

아무튼 올트 수사관은 마지막으로 경계해달라는 충고를 남기고 떠나갔다.

그런 고로 린의 요망을 들어주는 것뿐만 아니라 모두의 안전 확보와 시내에 혼란을 초래하지 않기 위해서도 게이트 마법 습득이 필요하게 된 것이다.

"그건 그렇고…… 신 군에 대한 민중의 기대감이 강해졌네요……."

"역시 이건 어쩔 수 없겠지……."

팀 전원이 마인을 토벌할 힘을 보유했고…… 개인적으로는 불만이지만, 마법사의 왕이라는 거창한 칭호까지 달고 말았다.

인류의 위협이었던 마인을 간단히 해치울 수 있는 인간의 등장.

그 결과, 전부터 걱정했던 것처럼 「마인을 두려워할 필요가 없다」는 시중에 풍조가 만연하기 시작했다.

그래서 얼마 전에 우리 집에 온 디스 아저씨에게 걱정을 전했지만, 돌아온 것은 예상하지 못한 대답이었다.

"그걸로 됐다. 군에는 사관부터 말단 장병에 이르기까지 확실히 말해뒀다. 마인을 해치울 수 있는 건 너희들뿐이라고 말이지."

일반 시민이야 마인과 실제로 싸울 일도 없을 테니 들떠도 상관없다는 건가? 하지만…….

"군인들이 그걸로 납득했어?"

"마인을 쓰러트리려면 재해급 마물을 단독으로 토벌할 수 있는 실력이 필요하다고 했더니…… 다들 바로 납득하더구나."

……그러고 보니 전에 메이가 재해급 마물은 군의 트라우마 제조기라고 했던가.

마인의 강함은 실감이 안 되지만, 재해급 마물의 공포는 충분하고도 남을 정도로 이해하고 있기에 통한 설명이었으리라.

"그러면 삼국 회담은? 어쩌면 영향이 있을지도 모른다고 했는데……."

"그쪽은 걱정하지 마라. 확실히 교섭이 어려워질지도 모르겠지만, 될 수 있으면 난 국민들이 마인이 결코 두려운 존재가 아니라고 생각해줬으면 좋겠구나. 섣불리 위기감을 심어줘서 국내의 분위기가 나빠지면 곤란하니까 말이지."

"……정보 조작이라는 거네."

인류에 승산이 없다, 세계가 위험하다는 풍조가 만연해지면 민심이 혼란스러워질지도 모르니까 말이지.

"제법 어려운 말을 아는구나. 뭐, 그런 게다."

디스 아저씨가 말하고자 하는 바는 이해했다.

하지만 이게 알스하이드에서만이라면 딱히 문제될 것도 없겠지만, 조만간 삼국 회담이 열릴 예정이라 아무래도 그쪽에 영향이 있을지도 모른다는 걱정이 들어서 더 캐물으려 하자 오그가 막았다.

"국가 간의 교섭은 내 영역이다. 네가 걱정할 일이 아니야."

"……."

우와…… 바닷가의 별장에서 시실리와 같이 예상했던 말이 그대로 돌아왔네.

"음? 왜 그러지?"

"아, 아니…… 아무것도 아니야."

"……그건 나중에 추궁하기로 하고, 두 나라와의 교섭은 내게 맡겨. 이미 몇 가지 대책도 고안해 뒀으니까."

"……그래. 나야 뭐 교섭은 무리고 네가 그렇게까지 자신 있게 말하는 걸 보니 맡겨도 괜찮겠네."

"그렇게 해. 적재적소라는 거다."

걱정되는 일이기는 했지만, 어차피 내 힘으로 어찌할 수 있는 일도 아니었다.

그러니 오그 말대로 대처할 수 있는 능력이 있는 사람에게 맡기는 편이 나으리라.

이 일은 내 영역이 아니니 더는 고민하지 않기로 했다.

아무런 해결도 되지 않았으니 걱정이 드는 건 어쩔 수 없지만 말이지.

"그건 그렇고…… 조금 전의 반응은 대체 뭐지?"

내가 일단 납득하자 오그는 아까 내가 보인 미묘한 표정을 추궁하기 시작했다.

"아무것도 아니래두."

"냉큼 실토해!"

"진짜 아무것도 아니라니까!"

"……그때 오그가 추궁하는 걸 얼버무리느라 엄청 고생했었지."

"후후, 그래도 신 군이 예상한 대로의 대답이었죠. 저도 모르게 웃음이 나올 뻔했지 뭐예요."

"에리가 알면 또 이상한 오해를 할지도……."

"……."

끔찍하게도 나와 오그의 관계를 의심하는 오그의 약혼자인 에리가 알게 되면 큰일이니까 비밀로 해달라고 부탁하려 하자, 시실리가 갑자기 미묘한 표정으로 입을 다물었다.

……어?

"서, 설마…… 벌써 말해버린 거야?"

"그, 그게…… 저기……."

"……시실리."

"에헷?"

시실리는 검지를 뺨에 대고 고개를 갸웃거렸다.

뭐야 이거, 엄청 귀엽잖아!

……아니, 그게 아니라!

"귀엽지만, 에헷? 이 아니지! 대체 왜 가르쳐준 거야!"

"꺄윽! 죄송…… 아으! 간지러…… 아앙!"

"요 녀석들! 이런 데서 꽁냥거리지 마렴. 먼지가 날리잖아?"

"아, 미안."

“허허, 사이가 참 좋구나.”

가장 알면 안 되는 상대에게 정보를 흘린 시실리에게 벌로 간지럼 공격을 감행했다가 할머니에게 혼났다.

시실리의 귀여운 반응에 정신이 팔려서 두 사람의 존재를 완전히 망각하고 말았다.

그건 그렇고 자연스럽게 우리 가족 사이에 낀 시실리는 실은 리텐하임 리조트에서 돌아온 후부터 딱히 볼일이 없어도 이렇게 우리 집을 방문하곤 했다.

할아버지, 할머니와 환담을 나누거나 고용인들과 친목을 다졌다.

결혼하기 전에 월포드가의 생활에 익숙해지려는 일종의 신부 수업이라나 뭐라나.

덕분에 우리 집 고용인들과도 많이 친해진 것 같았다.

하지만 밤에는 할머니의 감시가 있다 보니 집에 돌려보낼 수밖에 없었다.

그건 그렇고 이제 와서 할머니는 왜 또 방해하는 걸지?

뭐, 주로 남들 이목도 신경 쓰지 않고 염장을 질러대서겠지만…….

◆

“로렌스!”

슈투름을 배반한 마인 집단의 틈바구니에서 벗어나 본거지로 귀환한 로렌스는 마인이 되기 전의 본업이었던 첩보활동을 진행하고 있었다.

방금 말을 걸어온 것은 같은 첩보부대 출신의 마인이었고, 그 역시 로렌스가 가져온 정보를 기반으로 첩보활동을 진행 중이었다.

"어때? 해당하는 인물은 있었어?"

로렌스는 진척 상황을 물었다.

"아니…… 그쪽은?"

"……솔직히 수가 너무 많아서 추려 내기가 곤란하더군."

"이쪽도 마찬가지야. 참 나, 성녀라는 건 어지간히 인기가 많더군. 부정한 감정을 품은 것들이 너무 많아."

성녀.

현재 이 세계에서 그렇게 불리는 인물은 창신교까지 포함해도 시실리밖에 없었다.

그런 성녀에게 부정한 감정을 품은 자들이 지나치게 많다는 것은 대체 무슨 뜻일까.

"아무튼 지금까지 모인 정보를 세밀하게 분석해서 제법 지위가 높은 인간을 고르는 수밖에 없겠군."

"……모처럼 마인이 됐는데 또 서류 업무인가. ……우울하네."

"너무 그러지 마. 마인의 힘이라면 그 정보들을 모을 때 마음껏 써봤잖아?"

"그건 그래. 전에도 이 힘이 있었으면 편했을 텐데."

마인이 그렇게 농담을 하자 로렌스가 정색했다.

"……그래서 제국에 조력하겠다고?"

"……미안, 방금 한 말은 잊어줘."

첩보부대는 제국 소속.

즉, 그 당시로 돌아가서 마인의 힘을 쓴다는 것은 제국에 힘을 보태겠다는 뜻이다.

자신들의 손으로 멸망시켰음에도 여전히 증오스러운 그 나라를 떠올리며 마인은 실언을 사과했다.

"됐어. 그보다 정보 분석을……."

"그럴 필요는 없을지도 몰라."

두 사람의 대화에 한 사람이 더 끼어들었다.

"필요없다고? 그게 무슨 뜻이지?"

한동안 서류업무에 시달려야 할 정도로 막대한 정보가 모였을 터.

로렌스는 당연히 의아해 할 수밖에 없었다.

"이걸 봐줘."

그 마인이 내민 것은 이번 정보 수집 대상자에 관한 자료였다.

"이건……."

"이번 타깃은 이 녀석이면 딱일 것 같더군."

그 자료에 기대된 것은 어느 나라의 중요 인물에 관한 정보였다.

내용을 눈으로 훑자 소속된 국가의 크기, 지위가 모두 로렌스의 기대에 부합했다.

"그렇군. 제스트 님께 보고하고 오지."

로렌스는 그 말을 남기고 방을 나섰다.

""……살았다.""

그리고 남겨진 마인들은 막대한 서류업무를 하지 않아도 된다는 사실에 안도했다.

◆

서훈식이 끝나고 며칠 후, 나는 함부로 밖에 돌아다닐 수 없게 된 멤버들을 게이트 마법을 써서 오랜만에 연구실로 집합시켰다.

"왠지…… 엄청 오랜만에 온 것 같은 기분이 드네."

"저도 그렇습니다. 장기 휴일이 시작되고 나서 쭉 밀도가 높은 시간을 보냈으니까요……."

이건 마리아와 토르의 감상이었지만, 듣고 보니 나도 같은 기분이었다.

실제로는 고작 몇 주밖에 안 지났는데 말이지.

"자, 그럼 슬슬 게이트 마법을 가르치고 싶은데…… 괜찮겠어?"

"언제든지."

기합이 충분히 들어간 린이 굳세게 주먹을 쥐며 의욕을 보였다.

오늘 이 자리에 모인 이유는 함부로 밖에 돌아다닐 수 없게 된 연구회 멤버들에게 게이트 마법을 가르치기 위해서였다.

그래서 의사 확인 차 물었더니 이 날을 고대하던 린이 들뜬 기색으로 가장 먼저 대답했다.

"그럼 다들 앉아봐. 게이트 마법에 관해 설명할 테니까."

다들 내 말대로 의자에 앉았다.

자, 그럼 먼저 마법의 이미지를 설명해야겠군.

"게이트 마법은 벌써 몇 번이나 봤으니 어떤 건지는 알지?"

다들 일제히 고개를 끄덕였다.

"지금부터 게이트를 발동하기 위한 이미지를 알려줄게. 다만, 이건 어디까지나 내 이미지니까 너희에게는 다른 이미지가 맞을지도 몰라. 그건 각자 재량껏 조정해줘."

원리를 가르쳐준다고 해도 마법의 성공 여부는 쓰는 본인의 이미지에 달렸다.

마법은 이론을 아는 것만으로는 쓸 수 없다.

그 이론을 나름대로 이해해서 머릿속으로 이미지할 수 없으면 발동하지 않기 때문이다.

따라서 같은 마법이라도 이미지는 개인마다 다르다.

그렇게 전제를 둔 나는 칠판에 지점 A와 지점 B라고 적었다.

그리고 모두에게 질문을 던졌다.

"자, 먼저 질문을 하나 할게. 이 지점 A에서 지점 B까지 최단거리로 도착하려면 어떻게 가야 할까?"

"그거야 쉽지! A부터 B까지 일직선으로 가면 되잖아!"

뭐, 보통은 그렇게 생각하겠지. 하지만…….

"땡~."

"에엑?! 어째서?!"

앨리스의 대답이 틀렸다고 말하자 갑자기 다들 술렁거리기 시작했다.

"뭐지? 직선 말고 다른 답이 존재하는 건가?"

"뭐야 이게? 수수께끼?"

"음…… 전혀 모르겠구려."

저마다 포기하기 시작했다.

전혀 정답에 도달할 낌새가 없으니 힌트를 줘야겠군.

"뭐…… 칠판에서는 정답에 도달하기 어려울지도?"

"칠판이라고?"

"응. 종이에 그려봐."

실제로 정답을 밝히려고 해도 종이에 적은 게 아니면 설명할 수 없으니 그렇게 말했다.

그러자 다들 공책을 꺼내서 두 개의 점을 찍고 고민하기 시작했다.

잠시 후.

"으아~! 진짜! 전혀 모르겠어!"

마리아가 머리카락을 쥐어뜯으면서 항복했다.

"다른 사람들은? 다들 포기?"

"그래, 나도 전혀 모르겠군."

노트에 점을 찍고 계속 고민하던 오그도 마침내 백기를 들었다.

후후, 오그를 머리로 이기다니 왠지 좀 통쾌하다.

"신…… 왠지 속이 부글거린다만?"

"뭐야. 답을 모르겠어서 그런 거 아냐?"

"아니…… 왠지 네 태도에 짜증이 난다고 해야 할지, 울컥한다고 해야 할지……."

이 녀석, 진짜 초능력자 아니야?!

사실 마법사지만!

"자, 그건 제쳐두고…… 정답을 발표할게."

"……그래. 그건 그렇다 치고 빨리 부탁해. 아까부터 답답해서 견딜 수가 없군."

"나도! 빨리 가르쳐줘!"

오그와 앨리스의 요구에 힘입어 마침내 정답 발표의 시간이 시작되었다.

"그럼 미리 말해두겠는데, 정답을 듣고 나서 치사하다고 하진 마. 실제로 이게 게이트의 원리와 이미지니까."

내가 그렇게 말하자 모두의 눈이 진지해졌다.

그리고 나는 노트를 한 장 찢어서 점을 두 개 찍은 후 다들 보이도록 들고 설명했다.

"칠판에서는 정답에 도달하기 어려울지도 모른다는 건…… 이래서야."

먼저 종이를 반으로 접었다.

점과 점이 맞닿도록.

그러자…… 당연히 지점 A와 지점 B가 한 점에 붙었다.

"이 종이를 공간. 지점 A가 본인이 있는 장소, 지점 B가 가고 싶은 장소라고 치고 이렇게 접으면…… 거리가 제로가 돼. 즉, 이게 최단거리이고……."

그리고 겹친 두 점을 펜으로 찔러서 구멍을 뚫었다.

"이 구멍이 게이트야."

설명을 마치고 시선을 돌리자 아연실색한 표정, 납득한 표정 등 반응은 가지각색이었다.

"발상의 전환인가……. 이건 정말 생각도 못 한 답이군."

오그는 약간 분한 얼굴이었지만, 그보다는 이 해답 내용에 더 흥미를 가진 듯했다.

"확실히 최단거리네요. ……정말 칠판에서는 정답에 도달할 수 없었을 것 같습니다."

"알았어. 이해했어."

마크는 아연실색했고 린은 이해했다고 말했다.

"이미지는 이해했어?"

다들 크게 고개를 끄덕였다.

특히 린은 몇 번이나 더.

“그렇게 이 이미지를 기반으로 점과 점을 이공간 수납 마법의 요령으로 구멍을 여는 것처럼 마법을 발동하면…….”

마지막으로 난 내가 설명한 이론을 기반으로 게이트 마법을 실천해 보였다.

지금까지는 정체를 알 수 없는 마법으로 취급받은 게이트의 이론을 알게 된 모두의 눈은 평소와 달리 진지했다.

그리고 마법이 발동하자 눈앞에 나타난 게이트가 연구실 뒤편과 연결되었다.

“이게 게이트의 이미지와 발동 방법. 가본 적 없는 장소로 연결할 수 없는 건 그쪽의 광경을 이미지할 수 없기 때문이야. 어때? 가능하겠어?”

“가능해. 반드시 해낼 거야.”

이번에도 린이 가장 먼저 대답했다.

아까부터 안절부절 못 하는 걸 보아하니 실제로 써보고 싶어서 참을 수가 없는 모양이다.

“이미지는 알겠어. 남은 건 과연 발동시킬 수 있느냐가 문제겠군.”

오그도 이미 마법의 실행 단계로 사고를 전환하고 있었다.

“그럼 오늘은 모두 게이트를 연습해 봐. 뭐, 할아버지도 성공할 때까지 꽤 시간이 걸렸으니 실패는 신경 쓰지 말고.”

내가 그렇게 말했지만, 다들 할아버지도……의 부분부터 듣지 않고 연습을 시작했다.

할아버지는 예시에서도 무시당하는 건가……. 영웅인데…….

뭐, 악의가 있는 게 아니라 다들 빨리 게이트 마법을 시험해보고 싶었던 것이리라.

각자 마력을 모아서 이공간 수납 마법의 요령으로 마법을 발동시키려 했다.

뭐, 원리를 이해했다곤 해도 아무래도 처음이니 바로 이미지를 구체화하는 건 어려울 것이다.

예상대로 다들 게이트가 아니라 이공간을 개방했다.

그렇게 모두 시간이 흐르는 것도 잊고 시행착오를 반복했다.

조금 더 질문 공세를 받을 줄 알았는데 역시 우수한 학생들만 모인 S클래스답다고 해야 할까…… 이건 솔직히 예상외였다.

뭐, 그만큼 난 더 한가해졌지만.

그렇게 저녁까지 게이트 마법을 연습했지만, 결국 이 날은 아무도 성공하지 못하고 해산했다.

"으음…… 좀 더 하면 뭔가 느낌이 올 것 같았는데."

저마다 이미지를 잡지 못해 갈팡질팡하는 가운데, 그나마 린은 어느 정도 수확을 거둔 듯했다.

이대로면 린이 가장 먼저 습득할지도 모르겠다.

◆

장기 휴일 중의 연구회 활동으로 게이트 마법을 연습한 지 사흘 지났을 무렵…….

"해냈어! 성공이야!"

"아……!"

내 예상과 달리 가장 먼저 게이트 마법을 습득한 건 앨리스였다.

기뻐 보이는 앨리스와 반대로 린은 보기 드물게 분한 표정이었다.

줄곧 배우는 걸 고대했던 마법인만큼 더 분했던 것이리라.

웬일로 감정을 얼굴에 노골적으로 드러내고 있었다.

"해냈어! 해냈어! 이제는 지각 안 해도 돼!"

그건 그렇고 앨리스는 동기가 참 불순하네.

아무튼 현재 그녀의 눈앞에는 게이트가 연구실 구석의 문과 연결되어 있다.

일단 난 게이트가 제대로 이어진 건지 확인했다.

"응. 틀림없이 게이트가 연결됐어. 축하해, 앨리스."

"헤헤헤, 야호!"

"그런…… 어떻게?"

린은 분한 얼굴로 앨리스에게 어떤 이미지로 마법을 발동시킨 거냐고 물었다.

"음~ 이런 공간을 꾸욱 구부려서 이얍! 하니까 확 하고 펴졌어!"

…….

이건 또 뭔 소리래.

뭐, 그 이미지로 게이트가 열렸으니 됐다고 치자. 결과만 좋으면 장땡이지.

앨리스의 성공을 본 모두는 한층 더 진지한 얼굴로 연습에 착수했다.

하지만 그럴수록 나는 더 한가해졌다.

이대로 시간을 낭비하는 것도 아까우니 이 틈에 어떤 마도구를 구상해보기로 했다.

"신 군, 뭐해?"

다들 연습하느라 바쁜 와중에 혼자 공책을 꺼내서 마도구의 구상안을 그리고 있자, 이제 한가해진 앨리스가 옆에서 고개를 들이밀었다.

"응? 아, 새로운 마도구를 구상하는 중이었어."

"마도구?"

"응, 통신기는 봤지?"

"응."

"그걸 무선으로 만들어볼까 해서……."

"잠깐 기다려."

내가 지금 구상 중인 마도구에 관해 설명하자 게이트 마법을 연습 중이던 오그가 갑자기 끼어들었다.

"왜? 성공했어?"

"성공이고자시고…… 너, 지금 또 터무니없는 소리를 하지 않았어?"

"터무니없는 소리?"

"통신기를 무선으로 만든다며!"

오그의 고함을 들은 모두가 일제히 연습을 중단하고 이쪽으로 시선을 돌렸다.

기분 탓인지 모르겠지만, 다들 기가 막힌 표정이었다.

"그렇게 말하긴 했는데…… 그게 터무니없는 소리야?"

"그 통신기만으로도 정보 기술에 혁명이 일어났는데…… 거기에 무선이라고? 지금 정보 전쟁이라도 일으킬 셈이냐?"

정보전…… 전생에서는 자주 들은 말인데 이 세계에는 아직 없는 건가?

하긴, 있을 리가 없나. 얼마 전까지만 해도 편지를 주고받는 게 전부였던 모양이니까.

"아…… 아직 좀 빨랐나?"

"유선 통신기조차 아직 국가 간 연락에만 쓰이는 중이잖아. 언젠가는 일반에도 침투시키고 싶지만…… 무선은 너무 일러."

뭐, 듣고 보니 그 말대로였다.

아직 전화기도 없는데 휴대폰부터 만드는 건 너무 성급하겠지?

세상에 내놓으려면 단계를 밟으라는 거군.

"그런가……. 뭐, 사실 구상만 있지 아직 실현 가능성이 있는 건 아니지만."

"뭐야…… 그랬던 건가……."

오그는 안도의 한숨을 내쉬었다.

아직 실현 가능성이 없다는 말을 듣고 안도라니…….

오그는 내 마도구를 대체 뭐라고 생각하는 걸까?

"너무 놀라게 하지 마. 그럼 다시 연습하러 간다."

그리고 다시 게이트를 연습하러 갔다.

그건 그렇고 실현 가능성이라…… 솔직히 이게 가장 큰 문제란 말이지.

무선 통신기가 구상만 존재하고 실현되지 못하는 이유는 받는 쪽도 마도구를 기동하고 있지 않으면 통신이 연결되지 않기 때문이다.

유선 통신기는 연락을 보내는 쪽이 마도구를 쓰면 마물 거미의 실을 타고 전달된 마력이 자동적으로 받는 쪽의 마도구를 기동시킨다.

하지만 무선의 경우는 물리적으로 연결된 게 아니니 당연히 그럴 수가 없다.

이걸 실현시키려면 받는 쪽도 항상 마도구가 작동된 상태여야만 한다.

즉, 마도구에 누군가가 계속 마력을 주입하고 있어야 한다는 뜻이었다.

언제 올지도 모르는 연락을 받기 위해.

그건 아무래도 현실적이지 못하다. 이게 바로 내 발명이 난관에 봉착한 가장 큰 이유였다.

물론 문제는 그뿐만이 아니었다. 통신 형태는 직접 전파…… 이 경우에는 마력파인가? 그걸 직접 수신할지, 아니면 중계국을 설치할지도 아직 정하지 못했다.

그래도 아마 처음에는 직접 수신이겠지?

중계국 설치에는 대규모 인프라 정비가 필요하니 개인의 힘으로는 무리다.

언젠가는 중계국을 설치하고 싶지만…… 아직 유선 통신기 중계국도 없는데 무선은 과연 언제쯤 지을 수 있을지 상상도 할 수 없었다.

아무튼 그런 업무용 통신 형태는 제쳐두고, 먼저 무선 통신기의 수신을 어떻게 해결할지가 가장 큰 문제였다.

뭔가…… 힌트가 될 만한 게 없을까…….

이래저래 고민해봤지만, 이쪽 세계의 상식이 부족한 나로선 완전히 벽에 부딪힌 상태였다.

이 세계를 잘 아는 다른 멤버들이라면 뭔가 좋은 힌트를 줄 수 있을지도 모르는데 말이지.

오그는 아직 이르다고 했지만, 옛 제국령에 쳐들어갈 때 있으면 틀림없이 유리해질 물건이라 개발을 멈출 수는 없었다.

모두가 게이트 연습을 하는 동안 나는 줄곧 그 해결방안을 고민하거나 학교 도서관에 있는 문헌을 조사하면서 시간을 보냈다.

◆

그리고 앨리스가 게이트 마법에 성공한 지 며칠 후.

"해냈어! 성공이야!"

린이 웬일로 큰 소리로 외쳤다.

그쪽으로 시선을 돌리자 게이트가 열려 있었다.

"기뻐! 해냈어!"

평소에는 감정을 거의 드러내지 않는 그녀가 이토록 기뻐하는 건 정말 보기 드문 일이었다.

목소리뿐만 아니라 활짝 웃으며 기뻐하는 린의 모습에 답답한 기분이 조금 가셨다.

린은 게이트 마법을 습득한 게 어지간히 기쁜지 몇 번이나 열었다 닫는 작업을 반복했다.

"오오! 성공했네, 린!"

"앨리스에게 뒤처진 건 유감. 그래도 기뻐."

가장 먼저 성공한 앨리스의 축하에도 린은 기쁜 목소리로 대답했다.

이 두 사람은 정말 많이 친해진 것 같다.

성격은 정반대인데 말이지.

체형이 비슷해서 친근감이 생긴 걸까?

뭐…… 친해지는 건 좋지만, 둘이서 같이 장난을 치는 빈도도 늘어난 게 문제란 말이지…….

기뻐하는 앨리스와 린을 본 다른 멤버들도 한층 더 의욕이 고무되었는지 필사적으로 연습을 재개했다.

◆

린이 게이트 마법을 익힌 다음 날 이어서 습득에 성공한 건 오그도 마리아도 아니라 뜻밖에도 시실리였다.

"아?"

"왜? 시실리."

"게이트가 열렸어요!"

"뭐?! 잠깐, 시실리! 어느 틈에?!"

"예상치 못한 복병이었군……."

세 번째 성공을 노린 마리아가 놀랐고 오그는 노마크였던 시실리가 먼저 게이트 마법을 습득한 것에 동요했다.

"굉장하잖아, 시실리. 열심히 했구나."

나는 기뻐하는 그녀의 머리를 쓰다듬으며 칭찬해주었다.

"에헤헤, 실은 신 군의 할아버님께 비결을 들었거든요."

한층 더 기뻐하는 모습에 힐링 받고 있으려니, 시실리가 비밀을 밝혔다.

그랬구나.

확실히 할아버지라면 나 말고 처음으로 게이트를 연 사람이니까.

"젠장…… 집에 현자님이 계신 생활이라니…… 부러워! 시실리네 집은 아니지만."

"미안, 마리아. 실은 신 군네 집에서 할아버님과 말씀을 나눌 때 게이트를 익히고 있다고 말씀드렸더니 비결을 가르쳐 주셨어."

마리아와 오그는 집에 가면 할아버지라는 현자가 있는 생활을 진심으로 부러워했다.

평소에는 할머니의 그늘에 묻혀 있는 할아버지도 마법에 관해서는 더할 나위 없이 믿음직한 존재니까 말이다.

"그건 그렇고 내가 아니라 할아버지한테 물어본 거구나~."

"아, 그게, 저기……."

"응?"

"신 군한테 물어보는 건 좀 치사한 것 같아서요……."

그런 생각을 했던 건가.

확실히 앨리스가 성공한 후에는 누가 먼저 성공하느냐로 암암리에 경쟁이 붙었는데 자기만 혼자 집에서 과외를 받는 건 공평하지 못하다는 생각이 든 거겠지.

용케도 그런 생각을…….

"말해두지만, 멀린 님께 여쭤본 것도 치사한 거거든!"

"""……."""

그러고 보니 그 말대로였다!

마리아의 태클에 시실리는 빨개진 얼굴로 부끄러워했다.

"으음…… 어렵네~."

유리가 그렇게 말하며 탄식했다.

부여 마법이 특기인 그녀는 합숙 때 할머니의 개별 지도를 받고 현격한 성장을 이룬 상태였다.

평소에는 늘 서글서글한 분위기지만, 할머니에게 부여 마법을 배울 때만큼은 맨 앞줄에 앉아서 진지하게 강의를 들었었다.

그래서 도구에 마법을 부여하는 건 잘하지만, 아무래도 게이트 같은 마법은 뜻대로 잘 안 되는 모양이었다.

"월포드 구운~ 한 번 더 설명해주면 안 될까?"

"알았어."

유리는 결국 포기했는지 나에게 다시 설명을 요구했다.

나는 설명을 보충하기 위해 다시 종이에 점을 두 개 찍었다.

"자, 여기가 지금 네가 있는 곳이고 여기가 가고 싶은 장소야."

“아, 잠깐만~.”

맞은편이라 잘 안 보였는지 자리를 내 옆으로 옮겼다.

“OK~ 이제 됐어~.”

“으, 응.”

유리는 다시 설명을 요구했다.

내가 준비한 종이가 작다 보니 그녀는 필연적으로 몸을 내 쪽으로 내밀 수밖에 없었다.

“아, 이 점과 이 점을 이렇게 겹치는 이미지로…….”

“어떻게?”

“우오…….”

나와 그녀의 몸이 밀착했다.

팀 멤버 중에서도 가장 몸매가 좋은 편이라 아무래도 파괴력이…….

“……신 군?”

“옙?!”

그런 우연한 접촉을 만끽하고 있자 옆에서 냉랭한 목소리가 고막을 파고들었다.

“대체…… 뭘 하고 계신 거죠?”

“뭐, 뭐긴 뭐겠어! 유, 유리한테 게이트의 비결을 가르쳐 주는 것뿐이거든?”

요즘은 시실리의 이 목소리가 무서워!

세 자매 중에서 아일린 씨의 피를 가장 진하게 이어받은

건 틀림없이 시실리일 거다.

"그런 것치고는 꽤 즐거워 보이시는 걸요?"

"그, 그럴 리가! 그, 그게, 난 역시 모두가 게이트를 익혀 줬으면 해서……."

"월포드 군, 이렇게? 좀 봐줘~."

"Oh……."

날 돌아보게 하려고 뒤에서 팔을 잡지 마!

무의식적으로 유혹하는 것 같잖아!

손이, 손이!

"신 군…… 집에 가죠."

"어?! 집?!"

"유리 씨, 멀린 할아버님께 게이트의 비결을 듣고 싶지 않나요?"

시실리의 말에 이 자리에 있는 대부분이 반응했다.

"듣고 싶어~! 갈래 갈래~!"

……능숙하네.

유리를 나에게서 떼어놓으려고 할아버지의 이름을 이용하다니…….

이 세계에서 할아버지와 할머니의 명성은 내가 상상도 할 수 없을 정도로 높다.

그걸 능숙하게 이용한 심리전이었다.

"신 군?"

"예!"

"나중에 저랑 말 좀 해요."

"예……."

내 정신력이 버틸 수 있을까…….

결국 멤버 전원이 할아버지에게 게이트의 비결을 듣고 싶다고 했고, 나도 그 편이 낫다고 생각해서 우리 집으로 데려왔다.

내 지식은 아무래도 전생의 기억이 기반이 된 탓인지 이미지를 제대로 전달할 수가 없었다.

그런 점에서 이 세계에서 태어나고 자란 할아버지라면 동향 출신인 그들에게 더욱 구체적인 이미지를 전수할 수 있으리라.

멤버들은 혹시 폐가 되지 않을까 싶어 불안해했지만, 나는 처음부터 할아버지가 난색을 보일 거라는 생각조차 하지 않았다.

그 이유는…….

"허허, 그런가. 이제야 날 필요로 해주는 게냐……."

이렇게 감격할 거라고 예상했으니까.

오랜만에 존재감을 드러낼 기회를 얻은 할아버지는 무척 기뻐 보였다.

잘됐네, 할아버지.

"고작 이런 일로 감격하기는……."

하지만 할머니는 손자의 친구들이 의지하자 감격해서 목이 멘 할아버지를 보고 한심스러워했다.

'아니, 할아버지의 존재감이 흐린 건 전적으로 할머니가 원인…….'

"방금 뭐라고 했니?"

"아니, 아무것도."

깜짝이야. 아니, 그보다 내 마음 좀 읽지 말라고.

그리고…….

◆

장기 휴일이 끝나기 직전.

"서, 성공했어요……."

마지막으로 남은 올리비아가 성공했고, 이로써 팀 전원이 게이트 마법을 습득했다.

"좋았어. 이걸로…… 전원 성공이군!"

"오오~."

"휴~ 휴~."

앨리스가 또 불지도 못하는 휘파람을 불었다.

아무튼 내 선언에 모두가 손뼉을 쳤다.

"하하, 다들 휴일 중에 성공해서 다행이네."

토니도 안심한 목소리였다.

이제 멤버 중에서는 거의 필수적인 기술이 됐으니 무사히 전원이 성공해서 다행이다.

"죄송해요……. 저만 시간이 더 걸려서……."

"아뇨, 올리비아 씨도 충분히 빠른 편이라고 생각합니다. 아무튼 현자님조차 익히는 데 시간이 걸린 마법인걸요."

"그렇게 말하는 토르도 꽤 아슬아슬하지 않았소이까."

"시끄러워요! 율리우스도 저보다 조금 일찍 성공한 것뿐이면서!"

"그래도 먼저는 먼저외다."

"으그그그!"

다들 흥분 상태였다.

어떤 의미로는 목표였던 마법이니 어쩔 수 없으려나?

"다들, 잠시 내 말 좀 들어봐."

염원하던 게이트 마법의 전원 습득에 기뻐하는 가운데 오그가 갑자기 진지한 목소리로 말했다. 뭐지?

"다들, 무사히 게이트를 습득해서 다행이군. 우리는 지금까지의 공적과 훈장 수여로 함부로 외출할 수 없었으니까 말이지."

그러자 다들 진지하게 고개를 끄덕였다.

표정을 보아하니 다른 멤버들도 꽤 불편했던 모양이다.

"하지만 신의 마법은 하나 같이 자칫하면 간단히 악의 길로 빠질 수 있는 위험한 마법이다."

……어? 왠지 이야기의 흐름이 이상해졌잖아?

"더 말할 것도 없이 이 게이트 마법을 쓸 수 있다는 것 자체로 우리는 지금까지보다 더 높은 도덕성을 요구받게 되겠지."

아, 그런 거군. 간단히 범죄에 악용할 수 있는 마법이지만, 자신은 충분히 도덕적인 인간이니까 그런 짓은 절대로 하지 않는다는 걸 태도로 증명해야 한다는 뜻인가.

"메시나, 치근덕대는 남자를 날려버리는 건 자중해."

"으으…… 예, 조심할게요."

마리아는 지금까지 쌓은 실적 때문인지 반박하지 못했다.

"플레이드는 여자관계를 좀 자중할 수 없겠나?"

"으음…… 알겠습니다. 한 명으로 줄여보죠."

……여친이 그렇게나 많았던 거야? 너, 그러다 진짜로 칼침 맞는다…….

그건 그렇고…… 토니가 한 명으로 줄이겠다라…….

정말 가능할까?

"코너."

"아, 예!"

"……잠옷 차림으로 학교에 오지 말도록."

"안 와요!"

앨리스라면 가끔은 그럴지도 모르겠다.

처음으로 위트가 섞인 지적이 나와선지 긴장됐던 분위기

가 풀어졌다.

"마지막으로 신."

"어? 앨리스가 마지막 아니었어?"

"넌 행동 자체를 자중해."

"요즘은 자중하잖아!"

"호오? 그러고 보니 그 무선 통신기는 어디까지 진행됐지?"

"아, 기본적인 구조는 완성했어. 남은 건 수신 방법을 어떻게…… 해결하느냐……인데……."

어, 어라? 오그의 얼굴이……!

"말하자마자 넌 또! 그래놓고 자중했다는 말이 나와?!"

"앗! 이런! 유도신문은 치사하잖아!"

날 속였구나, 오그!

나도 모르게 정직하게 말해버렸잖아!

오그는 진심으로 화가 난 얼굴이었다.

나는 그런 오그에게서 도망치면서도 고민했다.

수신자측 통신기로 언제든지 연락을 받을 수 있는 방법.

하지만 결국 해답은 찾지 못했다.

누가…… 누가 나에게 제발 힌트를!

"치사하긴 뭐가 치사해! 거기 서! 야!"

◆

무선 통신기에 관해선 광대한 옛 제국령을 분산해서 침공할 때 반드시 필요하다고 오그를 설득한 덕분에 간신히 개발 허가를 받아냈다.

다만, 외부에는 반드시 비밀로 할 것을 전제로.

합숙으로 시작해서 두 번에 걸친 마인 습격과 토벌, 각국 방문, 게이트 마법 습득으로 마무리를 지은 충실했던 장기 휴일이 그렇게 막을 내렸다.

그동안 많은 일이 있었지만 개인적으로 가장 보람 있었던 일은…….

"그럼 할아버님, 할머님. 다녀오겠습니다."

"그래. 잘 다녀오렴."

"허허, 조심하려무나."

"예!"

역시 시실리와 연인이 된 거겠지.

아, 이 소동이 끝나면 신부가 되는 건가.

장기 휴일이 시작되고 연인이 됐는데 벌써 거기까지 진도가 나간 것에는 아직 당혹스러움이 약간 남았지만, 딱히 싫은 건 아니었다.

오히려 기뻐서 참을 수가 없을 정도다.

"신 군, 가요."

"응. 할아버지, 할머니 그럼 다녀올게."

집을 나온 우리는 팔짱을 끼고 걷기 시작했다.

참고로 마리아는 이제 게이트를 익혔으니 직접 교실로 가기로 했다.

그럼 왜 우리는 걸어서 가느냐고?

"아! 저기 봐, 마왕님과 성녀님이야!"

"여전히 잘 어울리네."

"하아…… 나도 성녀님 같은 여친이 있었으면……."

"그건 무리지. 애초에 성녀님 같은 여자가 또 어디 있겠어."

"뭐라고요?!"

……뭔가 싸움이 난 것 같은데…….

아무튼 나와 시실리가 게이트를 쓰지 않고 팔짱을 낀 채 등교하는 건 얼티밋 매지션즈의 마왕과 성녀는 연인관계이자 약혼자이므로, 시실리에게 손을 대면 용서하지 않겠다는 의사 표명을 위해서였다.

왜 이렇게까지 할 필요가 있냐고?

그건…… 경비국의 올트 수사관이 휴가 중에 찾아와 시실리에게 사특한 감정을 가진 자들이 많다는 정보를 알려주었기 때문이다.

솔직히 구경거리가 되는 것 같아서 내키지 않았지만, 나와 시실리의 관계를 널리 퍼트리면 그녀에게 치근덕대거나 몹쓸 생각을 하는 남자들을 줄일 수 있을 거라는 올트 수사관의 충고를 받아들이기로 했다.

뭐, 사실 그 사람이 노린 건 그것뿐만이 아닌 것 같지만 말이다.

가끔 이쪽에 좋지 않은 감정을 품은 자들이 경비대인 듯한 기척의 사람들에게 연행되는 게 느껴졌다.

성녀는 마왕의 것이라는 의사 표명 외에 미끼의 역할도 있는 거겠지.

……벌써 그 호칭이 세간에 침투한 건 참을 수 없이 슬프지만…….

뭐, 남의 이목을 신경 쓰지 않고 자유롭게 밖을 돌아다닐 수 없는 건 답답하지만 여친과 함께 등교라는 청춘의 한 페이지를 경험할 수 있었고 무엇보다…….

"신 군? 왜 그러세요?"

이렇게 둘이서 같이 등교하게 된 이유를 떠올리고 있자 시실리가 의아한 표정으로 내 얼굴을 들여다보았다.

그녀가 내 팔을 끌어안은 자세라 팔에 굉장히 부드러운 감촉이…….

"어, 아, 아니. 전부터 같이 등교하고 싶었는데 처음에는 호위였고 그 후에는 방패막이 역할이었잖아?"

"후후, 그랬죠."

"그런데 지금은 진짜 연인이 돼서 함께 등교할 수 있게 된 거에 살짝 감동하고 있었어."

"신 군…… 저도 기뻐요!"

시실리는 그렇게 말하며 내 팔을 더 강하게 끌어안았다.

Oh, 이건 여러모로 위험해.

주로 내 이성이!"

"망할! 빌어먹을!"

"리얼충 죽어!"

시실리의 무의식 어택에 농락당했던 나는 길가에서 들리는 원한 어린 목소리와 벽을 치는 소리에 이성을 되찾았다.

후우…… 위험했어.

하마터면 길가에서 시실리를 덮칠 뻔했네.

간신히 번뇌를 떨쳐낸 나는 그 후에도 시실리와 러브러브한 분위기를 유지하며 학교에 도착했다.

마침내 도착한 학교에서는…… 예상과 다른 학생들의 반응에 당황하고 말았다.

"왠지…… 시선이 느껴지네요."

"응……. 얼마 전까지는 같은 학생이었는데 휴일 도중에 훈장까지 받아버렸으니…… 다들 우리를 어떻게 대해야 할지 몰라서 난감한 게 아닐까?"

학교와 가까워질수록 당연히 학생들의 모습이 늘어났지만, 그들의 반응은 장기 휴일 전과 명백히 달랐다.

왠지 서먹서먹한 느낌? 전반적으로 조용했고 친구와 같이 있는 학생은 뭔가 소곤소곤 말을 나누었다.

아무튼 소란이 벌어지거나 에워싸이지는 않을 것 같았지만…….

"뭐랄까, 연구회 멤버 외의 교류가 사라질 것 같네요……."

"응. 이 분위기로 봐선 우리한테 접근하려는 사람이 없을 것 같네."

"마크 씨와 올리비아 씨가 걱정이에요. 둘 다 S클래스가 아니니까요."

"그건 그래……."

마크와 올리비아는 A클래스.

서른 명 중 둘뿐인 얼티밋 매지션즈의 멤버. 반에서 따돌림을 당하지 않으면 좋겠는데…….

우리는 그런 두 사람을 걱정하면서 오랜만에 교실로 들어갔다.

"둘 다, 어서 와."

"안녕~!"

"안녕하세요."

오그와 늘 기운이 넘치는 앨리스와 성실한 토르의 인사를 받았다. 그밖에 다른 멤버들도 이미 전부 등교한 상태였다.

하긴 그렇겠지. 다들 게이트를 통해 왔을 테니까. 걸어서 온 건 나와 시실리뿐이다.

참고로 게이트를 이용한 등교는 사전에 학교의 허가를 받았다.

학교 쪽도 소란이 벌어지는 건 원치 않는지 대번에 승낙했다.

"오, 앨리스. 제대로 교복 입고 왔네."

"으……."

신학기 전에 오그에게 잠옷 입고 오지 말라고 주의를 받은 앨리스에게 농담을 건넸더니 시선을 피했다.

"응? 왜 그래? ……설마."

"설마가 사람 잡지. 얘가 글쎄 아침 먹자마자 학교에 온 모양인데……."

"와~! 말하지 마~!"

"파자마 차림으로 온 건가……."

"으으……."

앨리스는 새빨간 얼굴로 고개를 푹 숙였다.

주의를 받자마자…….

어쩌다 가끔 그럴지도 모르겠다고 예상했는데 설마 처음부터였을 줄이야…….

"그래서 다시 집에 가서 교복으로 갈아입고 방금 막 온 참이야."

"과연 앨리스. 기대를 배신하지 않아."

"일부러 그런 거 아니거든?!"

"그렇다는 건 어벙이?"

"어벙이도 아냐!"

여전히 소란스러운 반 친구들에게서 시선을 돌려 교실을 확인하자 왠지 모를 위화감이 느껴졌다.

뭐지?

"응~? 아! 책상이 늘어났잖아?"

"이제야 눈치챈 거냐."

간신히 위화감의 정체를 눈치채자 오그가 기막혀 했다.

"아니, 두 달 만인데 책상이 늘어난 걸 바로 짐작할 수 있을 리가 없잖아."

그건 그렇고 이런 건 의외로 눈치채기가 어려운 법인가 보다. 전에는 책상이 3, 4, 3의 배치였지만, 지금은 전부 네 개씩이었다.

그렇다는 건…….

"안녕, 오랜만이군. 마지막으로 만난 게 월포드와 클로드의 약혼 피로연 때였지?"

책상이 늘어난 이유를 생각하자 마침 알프레드 선생님이 교실로 들어왔다.

두 학생을 데리고.

"오늘부터 이 두 명도 S클래스에서 수업을 받게 될 거다. 인사는 필요 없을 테니 적당히 자리에 가서 앉도록."

"잘 부탁한다!"

"잘 부탁드려요."

마크와 올리비아였다.

"역시 이렇게 된 건가."

"궁극 마법 연구회…… 지금은 얼티밋 매지션즈였지. 거기 소속인 데다 마인도 토벌할 수 있는 학생이 A클래스에 있어 봤자 실력 차 때문에 분위기만 어색해질 테니 특례로 너희 학년만 S클래스는 열두 명인 걸로 치기로 했다."

오그는 이렇게 될 걸 예상했는지 납득한 얼굴이었다.

하지만 전혀 예상 못 했던 나는 걱정이 기우로 그친 덕분에 그제야 안심했다.

둘만 다른 반에서 따돌림을 받지 않을까 걱정이었으니까.

뭐, 이걸로 다른 반과는 더더욱 교류가 없어질 것 같긴 하지만…….

"오늘은 신학기 첫날이니까 시업식과 조회만하고 끝이다. 아, 그리고 너희는 시업식에서 표창을 받을 예정이다."

"표창이요?"

나는 알프레드 선생님의 설명 중에서 위화감이 느껴진 단어를 되물었다.

"그야 당연하지. 현재 마인이 세계를 위협하는 상황 속에서 그 위기를 두 번이나 구한 게 우리 알스하이드 고등 마법 학원의 학생들이었잖아?"

그런 거였나. 그런데 표창이라고?

"무슨 상장 같은 거라도 받는 건가요?"

"아, 상장이 아니라 이 학교에서는 졸업할 때 성적우수자에게만 주는 물건이 있는데, 그걸 수여할 거다. 그렇다고 이대로 졸업이라는 건 아니고, 학교에서 수여할 수 있는 물건 중 그게 가장 가치가 있는 물건이라서지. 이번 공적이 너무나도 큰 탓에 그게 아니면 딱히 줄 만한 게 없었거든."

호오, 대체 뭘까?

그렇다는 건 우리는 졸업할 때 아무것도 못 받는 건가.

졸업 축하 선물을 미리 받는 느낌이다.

"그럼 강당으로 이동하자."

알프레드 선생님을 따라 강당으로 가는 도중에도 시선이 느껴졌다. 학생들은 아무래도 시민들과 달리 당혹스러워 하는 느낌이었다.

그리고 강당에서는 학원장의 인사말과 주의사항 등이 순서대로 진행되었다.

"그럼 마지막으로 궁극 마법 연구회 여러분, 단상으로 올라와 주십시오."

확성 마도구를 쓴 사회 진행역 선생님의 호출을 받은 우리가 단상으로 다가간 순간.

""""와아아아아아아아!""""

우리는 갑자기 터진 성대한 박수와 환호성에 당황할 수밖에 없었다.

"어라? 우리를 피하는 거 아니었어?"

"아무래도 아닌가 보네."

"어떻게 대해야 좋을지 몰랐던 것뿐이겠지. 그보다 어서 가자."

"아, 예!"

개개인은 어떻게 대해야 좋을지 모르겠지만, 한 자리에 모여 있으면 딱히 그렇지도 않다는 건가?

아무튼 미움을 받는 건 아닌 모양이라 일단 안심했다.

『여러분도 이미 알고 계시겠지만, 1학년 수석인 신 월포드 군이 이끄는 궁극 마법 연구회. 얼마 전에 얼티밋 매지션즈로 개명한 그들이 제국'을 멸망시킨 후 세계를 침공한 마인 집단을 훌륭히 토벌해 줬습니다!』

선생님이 약간 흥분한 목소리로 말하자 학생들도 분위기에 전염된 건지 또 큰 박수와 환호성이 터졌다.

『두 번에 걸친 마인 습격을 저지하고 얼마 전에 훈장까지 수여한 그들은 우리 알스하이드 고등 마법학원의 이름을 세상에 널리 알려줬습니다!』

또 환호성이 울렸다.

선생님은 왠지 즐거워보였다. 라이브의 MC가 된 기분과 비슷하려나?

『따라서 원래는 졸업식에서 성적우수자에게만 증정하는 물건을 수여하는 것으로 이번 공적을 치하할 예정입니다. 학원장님, 부탁드립니다.』

그렇게 해서 우리는 초로의 학원장에게 증정품을 수여받았다.

대체 뭘까?

증정품이 신경 쓰여서 완전히 방심한 순간.

『그럼 얼티밋 매지션즈 대표 신 월포드 군, 한 마디 부탁드립니다.』

"으헉?!"

전혀 예상치 못한 상황이라 이상한 목소리로 대답하고 말았다.

학생들도 쿡쿡 웃고 있었다.

알프레드 선생님, 이런 건 사전에 말해줄 것이지!

아무튼 지명 받은 이상 뭔가 말은 해야겠는데…… 어쩌지?

『아, 그게…… 얼티밋 매지션즈 대표? 인 신 월포드입니다. 그러고 보니 어느 틈에 내가 대표가 된 거야?』

"궁극 마법 연구회의 회장이었으니까 처음부터겠지."

『그런 거였어? 으음…… 저희는 딱히 영웅이 되고 싶다든가, 이렇게 표창을 받고 싶다든가, 훈장을 받고 싶어서 행동한 게 아닙니다. 마인을 내버려두면 언젠가 세상이 멸망할지도 모른다고 생각했기 때문입니다.』

모두가 내 이야기를 조용히 듣고 있었다.

『아마 팀원들도 같은 생각일 겁니다. 세계를, 내가 사는 나라를, 도시를, 소중한 친구와 가족을 지키려고 애쓴 거겠지요.』

그리고 뒤를 돌아보자 그 말이 맞다는 듯 다들 고개를 끄덕였다.

『뭐, 우리 집은 할아버지랑 할머니가 그 모양이라 자기 몸 정도는 알아서 지킬 테고 오히려 쳐들어가지나 않을까 걱정이 될 정도지만요.』

아, 또 농담을 해버렸네.

……뭐, 상관없겠지. 이번에는 선생님들도 웃었으니까.

『아직 마인의 위협이 완전히 사라진 건 아닙니다. 오히려 지금부터가 진짜겠죠.』

마인은 도망쳤고 슈투름도 제도를 함락시킨 후로는 모습을 드러내지 않고 있었다.

앞서 우리가 겪은 두 번의 전투는 전초전에 불과하다고 말하자 학생들의 얼굴이 긴장으로 굳어졌다.

『앞으로 총력전이 되면 여러분도 소집될지도 모릅니다. 아니, 요즘 기사학원과 합동 훈련을 하는 것을 봐서는 틀림없이 소집되겠죠.』

유감이지만, 이건 틀림없으리라. 그만큼 기사학원과의 합동 훈련은 이례적인 일이었다고 하니까 말이지.

『그때 자기 자신을, 그리고 소중한 사람을 지킬 수 있도록 세계의 위기에 맞설 수 있도록 다 같이 힘냅시다. 아…… 제가 할 말은 이상입니다. 들어주셔서 감사합니다.』

그렇게 말하고 확성 마도구에서 몸을 뗀 순간.

""""와아아아아아아아아아!""""

이제까지 중 가장 큰 환호성이 터졌다.

다들 뭔가를 각오한 눈이었다.

역시 학생 동원이라면 죽음과 가장 가까운 인상이니까 앞으로의 수업과 현장 학습을 통해 더 강해질 필요가 있으리라.

그래서 모두 다 같이 열심히 훈련하자는 취지로 한 말이었는데 생각보다 학생들의 반향이 컸다.

박수와 환호성이 그치질 않았다.

"마왕~!"

"마왕님 멋져~!"

"잘 말했다! 마왕!"

하지만 그 환호성은 됐으니까 제발 그만해!

『멋진 인사였습니다. 여러분, 이번 학기도 기사학원과 합동 훈련이 있을 예정입니다. 많은 마물을 토벌해서 조금이라도 강해질 수 있도록 힘내봅시다.』

""""예!""""

마왕 콜이 그치고 전교생의 대답이 강당 안에 울려 퍼졌다.

갑자기 시작된 마왕 콜에 너덜너덜해진 내가 제 자리로 돌아오는 도중 오그가 필사적으로 웃음을 참는 모습이 눈에 들어왔다.

이 자식…… 따지고 보면 원인 제공자는 너였잖아!

……물론 실수로 마왕이라는 단어를 말해버린 내 잘못도 있지만.

"크크크, 대중 앞에서 말하는 것도 꽤 익숙해졌나 본데?"

"넌 진짜…… 하아, 이젠 됐어. 솔직히 아직 거북해."

"멋진 인사였는걸요? 다들 의욕이 충만해졌잖아요."

"그러게. 이걸로 사기가 오른다면 더할 나위 없겠는데 말이야."

지금 내 심정을 솔직히 말한 것뿐이었는데 다들 사기가 올랐다면 뭐, 다행인 건가?

그런 갑작스러운 연설과 수치 플레이를 견뎌야 했던 표창식을 마지막으로 시업식이 끝났고 우리는 다시 교실로 돌아갔다.

나는 교실에 앉아 조금 전에 받은 증정품을 책상 위에 올렸다.

"그런데 이건 대체 뭘까?"

"응? 아, 신은 몰랐나 보군."

"유명한 물건이지만, 신 님이라면 모르시는 게 당연할 겁니다."

오그와 토르는 알고 있었나 보다.

어라? 내용물이 신경 쓰인 건 나뿐?

"너희는 알고 있었어?"

"예. 기사학원과 경법학원은 다르다고 들었지만, 마법학원에서 성적우수자에게 주는 물건은 정해져있으니까요."

아무래도 토르가 설명해주려는 모양이었다.

최근에 왕도에 온 나는 모르는 게 당연하지만, 줄곧 왕도에 살았던 다른 멤버들은 알고 있었나 보다.

"이 증정품은……."

"증정품은?"

"마석이에요."

"마석?"

그게 뭐지? 무척 이세계다운 단어였지만, 난 처음 들었다. 아니, 그보다 그런 게 있었어?

"어라~? 월포드 군, 멜리다 님이 말씀하신 적 없어~?"

유리는 의아한 얼굴이었다.

"금시초문인데."

정말로 오늘 처음 들었다. 할머니가 말해준 적도 없었다.

그러자 다들 갑자기 귓속말을 나누기 시작했다.

"멜리다 님이 깜빡하고 안 가르치셨을 리는 없을 텐데……."

"신 님이 모른다면 가르쳐주시지 않았던 거겠죠."

부여 마법이 특기인 유리가 의문을 표했지만, 토르의 말대로 배운 적도 없었다.

"이건 분명 그거겠지. 신에게 마석을 존재를 알려주면 또 터무니없는 물건을 만들 테니까 자중하신 거 아닐까?"

“““아! 그렇구나!”””

오그의 분석에 저마다 납득했다.

“아니, 그보다 대체 뭐야! 뭘 납득하는 건데!”

“집에 가서 멜리다 님께 여쭤 봐. 학교에서 마석을 받았는데 어디다 쓰는 거냐고.”

“뭐?”

다들 알고 있는 걸 보아하니 이 세계에선 당연한 물건인 건가?

그런 것치고는 난 정말 처음 보는 건데…… 대체 뭐지? 이 마석이라는 건.

결국 아무도 자세한 건 알려주지 않았다.

저마다 입을 모아 할머니에게 물어보란다.

심지어 시실리까지도.

……할머니는 대체 나에게 뭘 숨긴 거지? 엄청 신경 쓰이잖아.

오늘 종례는 앞으로의 수업 방침에 관한 이야기로 끝났다.

아무래도 우리는 마법 실습이 자습인 모양이다.

학교에서 더는 가르칠 게 없다면서.

하지만 이론 수업은 그대로 받게 되었다.

그런 전달 사항을 듣고 오늘 일정은 끝. 정오가 되기 전에 끝났지만, 할머니에게 마석에 관해 듣고 싶어서 오늘은 연구회 모임을 하지 않기로 했다.

다들 변장하고 거리로 나갈 예정이라나 뭐라나…….

한동안 외출을 자제하느라 쌓인 스트레스를 해소하는 겸 언제 들킬지 모른다는 스릴을 만끽하고 싶다는 모양이다.

도전자 정신이 굉장한걸…….

일단 각자 게이트로 집에 한 번 들렀다가 모일 예정이라고 한다.

나도 오늘만큼은 일찍 돌아가고 싶어서 게이트를 쓰기로 했다.

갈 때는 마리아도 함께였다.

"다녀왔어, 알렉스 씨."

느닷없이 집 안에 게이트를 열면 할머니에게 혼날 가능성이 있어서 정문 앞에 열었다.

문지기인 알렉스 씨도 익숙한지 게이트에서 나온 우리를 평범하게 맞이했다.

"어라? 어서 오십시오, 신 님. 오늘은 게이트로 돌아오셨군요?"

"응, 좀 급한 일이 있어서. 그보다 할머니는 집에 있어? 외출한 건 아니지?"

"문으로 나오진 않으셨습니다. 멀린 님의 게이트를 이용하셨으면 또 모르겠습니다만……."

집 안에서도 어디든지 갈 수 있는 게이트는 문지기의 존재를 유명무실하게 만들 수 있는 마법이기도 했다.

안에 어떤 사람이 있는지도 파악할 수 없으니까 말이다.

"그래? 고마워."

"아닙니다. 작은 마님과 마리아 님도 어서 오십시오."

"예, 다녀왔습니다."

"작은 마님이라는 호칭이 완전히 정착됐구나……."

"그러고 보니 그러네. 이미 익숙해졌어."

마리아는 알렉스 씨에게 작은 마님이라 불려도 평범하게 대답한 시실리에게 의아한 시선을 보냈다.

"……당황하지도 않다니…… 이건 혹시……."

"익숙해진 것뿐이거든?!"

"……정말로?"

"마, 마리아! 얘가 진짜!"

뒤가 왠지 시끄러웠지만, 오늘은 신경 쓸 여력이 없었다.

요즘 할머니는 클로드의 온천이 마음에 들었는지 자주 이용하러 다니곤 했다.

그래서 될 수 있으면 외출하기 전에 만나고 싶었다. 아직 집에 있으려나?

"다녀왔어. 할머니는 있어?"

"뭐야. 오자마자 갑작스럽게 날 찾다니. 무슨 일이라도 있었니?"

"응. 할머니한테 물어보고 싶은 게 있거든."

"묻고 싶은 거? 대체 뭐니?"

옛날부터 이런 식으로 질문할 때가 많아서 그런지 할머니도 아무렇지 않게 대답했다.

하지만 이어진 내 질문을 듣고는 표정이 완전히 무너져 내렸다.

"마석이 뭐야?"

"아앗?! 대, 대체 어디서 그 말을?!"

우와! 할머니가 지금까지 본 적 없을 정도로 동요했어!

"오늘 학교에서 표창을 받았는데, 그때 증정품으로 마석이란 걸 받았어."

"아아…… 결국…… 마침내 신이 마석의 존재를 알게 되다니……."

학교에서 받은 마석을 보여주자 할머니는 힘없이 거실 소파에 주저앉더니 이마에 손을 대고 천장을 올려다보았다.

"그래서? 마석이 대체 뭐야?"

"……하아, 언제까지고 숨길 수 있는 것도 아니고…… 문제를 뒤로 미뤘을 뿐이었나. ……그래, 가르쳐주마."

"응."

할머니는 체념하고 나에게 마석이 뭔지 가르쳐주기로 했다.

……이 정도로 마음을 굳혀야 말할 수 있는 물건인 거야? 다들 알던데?

"마석이라는 거 마도구에 쓰는 거란다."

"마도구?"

"그래. 네게 가르친 마도구는 마력을 담지 않으면 쓸 수 없었지?"

"그야 당연하지."

마력을 담아야 쓸 수 있으니 마도구인 거잖아.

"마석은 말이다. 그 마력을 계속 공급해주는 물건이란다."

마력을 계속 공급.

그렇다는 건 누가 마력을 공급해서 기동하지 않아도 계속 작동할 수 있다는 건가.

응? 그러고 보니 어딘가에서…….

"아! 숲의 결계 마도구!"

"그래. 그것도 마석을 써서 마력을 계속 공급하는 거란다. 제법 큰 마석을 썼으니 당분간은 버티겠지."

그때는 할머니가 얼버무렸었는데 그랬군. 마석을 썼던 건가.

이제야 납득이 갔다.

"흐응…… 그래서?"

"그래서라니?"

"아니…… 할머니가 그 정도로 숨겼으니 또 뭔가 있는 거 아니야?"

"있긴 뭐가 있겠어. 마석은 누가 계속 마력을 공급하지 않아도 마도구의 작동을 유지할 수 있는 물건. 단지 그뿐이란다."

진짜? 고작 그것뿐인데 할머니가 계속 숨겨온 거라고?

시실리와 마리아를 돌아보자 둘 다 고개를 크게 끄덕였다.

고용인들도 마찬가지였다.

"멜리다가 말한 대로란다. 그 이상도 그 이하도 아니지."

할아버지조차 이렇게 말할 정도니 틀림없겠지.

뭐야. 훨씬 굉장한 파워가 숨겨진 건 줄 알았는데.

"그랬구나. 그런데 왜 그런 걸 나한테 가르쳐주지 않은 거야?"

"왜?"

어라? 할머니의 안색이 변했다.

"마석의 존재를 너한테 가르쳐줘 보렴! 대체 어떤 황당무계한 물건을 만들어낼지 모르니까 걱정돼서인 게 당연하잖니!"

어? 이유가 고작 그거야?

시실리와 마리아에게 도움을 요청하는 시선을 보냈더니…… 아, 마리아가 엄청난 속도로 고개를 끄덕이고 있네.

시실리는 약간 난처한 얼굴이었지만, 부정하지는 않았다.

……학교에서 할머니가 나에게 마석의 존재를 가르쳐주지 않은 것에 모두가 납득한 건 이래서였나…….

"될 수 있으면 계속 비밀로 하고 싶었지만…… 평범하게 학교에 다니다 보면 조만간 수업에서 다룰 테니 그냥 문제를 차일피일 미루고 있었던 거란다."

"문제라니……."

"엄청난 문제잖아!"

아, 마리아가 또 고속으로 고개를 연거푸 끄덕였다.

"뭐, 다행히 마석 유통량은 적은 편이지. 그래도 하나를 입수했으니 어떤 식으로 쓰는지는 가르쳐주마."

"진짜?! 고마워, 할머니!"

"하나…… 진짜 하나뿐이라서 다행이야……."

그러고 보니 방금 유통량이 적다고 했지?

졸업식 때도 성적우수자에게만 준다고 하는 걸 보면 꽤 희귀한 건가?

"마석이 그렇게 희귀한 거야? 주로 어디서 구하는 건데?"

"또 신의 질문 공세인가……. 마석은 말이다, 우연히 발견하는 것밖에 얻을 방법이 없어."

"우연?"

"그래. 주로 광석 채굴장에서지. 그것도 얕은 곳이 아니라 꽤 깊은 곳까지 채굴했을 때 가끔 발견되는 거란다."

"흐음…… 그렇다는 건 땅속 깊은 데서만 나온다는 건가. 거기 말고 다른 데서 발견된 사례는 없어?"

"거의 없지. 가끔 나와도 거기서 생성된 게 아니라 지반이 융기했을 때 땅속에 있던 게 지표면으로 드러난 모양이더구나. 이것도 무척 보기 드문 사례지만."

"그렇다는 건 깊은 땅속에서만 생성된다는 뜻인가……."

가끔밖에 발견되지 않고 유통량도 적다는 건…….

"……아직 마석의 생성 원리를 파악하지 못했다는 뜻?"

"그래."

"생성 조건을 몰라서 마석만 중점적으로 채굴할 수 없으니 어지간해선 유통되지 않을 정도로 희귀해졌다는 건가."

"여전히 머리가 돌아가는 게 빠르구나. ……그 말대로야."

"옳거니……."

그렇게 희귀하다면 내가 지금까지 본 적 없는 것도 무리는 아니었다.

왕도에 온 것도 고작 몇 달밖에 안 됐고 할머니도 지금까지 비밀로 했으니…….

"아앗!"

"뭐, 뭐야?!"

내가 갑자기 큰 소리를 지르자 할머니가 펄쩍 뛰면서 놀랐다. 하지만 지금은 그런 걸 신경 쓸 때가 아니다!

"맞아! 이걸 쓰면……."

통신기가 상시 작동 상태를 유지할 수 있어! 배터리처럼 쓰는 거야!

"아…… 하지만 수가 적다고 했지……."

마석의 존재를 알게 된 덕분에 무선 통신기를 완성하는 게 가능해졌지만, 필요한 수량을 마련할 수가 없었다.

다들 하나씩 받았으니 그걸로 만들 수도 있겠지만, 이 마석은 저마다 개인적으로 받은 물건이니 달라고 할 수도 없는 노릇이고.

"아아…… 역시 무린가……."

"뭐, 뭐야? 대체 무슨 생각을 하고 뭘 포기한 거니?"

"마석의 수량이 부족해……."

"그야 희귀하다고 했잖니. 그래서 그만큼 비싸기도 해."

"그런가……."

모처럼 답을 찾았는데…….

무선 통신기를 실용화하는 건 마석만 있으면 가능하다.

다만, 마석 자체가 희귀하고 고가인 탓에 쉽게 쓸 수가 없었다.

문제점은 뭐지?

마석을 쓰지 않으면 실용화할 수 없는 통신기?

마석의 수량이 부족한 점?

마석이 고가인 점?

통신기는 지금의 내 머리로는 더 이상 개량할 수 없었다.

완전히 막다른 골목에 몰린 상태다.

하지만 마석을 쓰면 완성할 수 있다. 문제는 희귀하고 비싸다는 건데…….

"굉장하네요. ……신은 늘 이런 식인가요?"

"그래. 우리가 얼마나 고생했는지 이제 좀 알겠니? 조금이라도 의문이 생기면 늘 이런단다."

"하지만 이 호기심이야말로 신 군이 굉장한 이유일지도 모르겠네요."

"그렇겠지. 그건 부정할 수 없겠구나."

뒤에서 마리아와 시실리와 할머니가 뭔가 대화를 나눴지만, 내 귀에는 들리지 않았다.

줄곧 고민했던 무선 통신기의 실용화에 마침내 실마리가 잡힌 것이다.

미안하지만, 신경 쓸 겨를이 없었다.

무선 통신기의 실용화에 가장 큰 걸림돌은 마석 수량의 부족.

마석을 직접 파내볼까? 하지만 어디서? 생성 조건도 모르는데.

그러고 보니 깊은 땅속에서만 발견됐다고 했지?

다이아몬드와 비슷한 원리인가?

그러고 보니 전생에서는 인공적으로 다이아몬드를 제조하기도 한다고 들은 적이 있었다.

아마도 그 방법은…….

"고온 고압……."

"뭐?"

깊은 땅속…… 즉, 높은 압력이 존재하는 환경에서만 생성됐다는 뜻이다.

그렇다는 건 어쩌면 마석이라는 건 마력이 땅속 깊은 곳에서 높은 압력을 받아 결정화된 물질이 아닐까?

내 추측이 맞을까? 고온도 필요한 건 아닐까?

"……한 번 시험해볼까……."

"시험? 대체 뭘 시험하겠다는 거니?"

"할머니, 잠깐 황야에 좀 다녀올게."

"잠깐! 대체 무슨 짓을 할 작정인데?"

"음~ 가벼운 실험?"

"그러니까 그게 무슨 실험인지……."

"아마 직접 보는 편이 빠를 텐데, 할머니도 갈래?"

"당연히 가야지!"

실험을 참관하겠다는 할머니의 강한 의향으로 같이 황야로 갔다.

할아버지, 시실리, 마리아도 동행했다.

자, 그럼 바로 실험을 시작하고 싶지만 그 전에.

"미안하지만, 마력 장벽을 전력으로 펼쳐줘. 어떻게 될지 모르겠으니까."

내가 그렇게 말하자 할머니를 비롯한 모두가 전력으로 마력 장벽을 전개했다.

마도구의 효과까지 포함한 이중 장벽이다.

"좀 지나친 것 같은데……."

"그럴 리가. 그보다 공격 마법이야?"

"아니, 공격도 방어도 아니야."

나는 마리아의 질문에는 모호하게 대답하고 마력을 모으

기 시작했다.

“거 참…… 터무니없는 양의 마력을 모으는구만.”

“이런 대량의 마력을 쓰면서 공격 마법이 아니라고? 대체 뭘…… 서! 설마!”

“왜 그러세요? 할머님.”

모은 마력을 양은 그대로 유지하면서 고압으로 압축했다.

더…… 더 작게…… 더 고압으로…….

그렇게 모아봤지만…….

“실패인가…….”

압축을 해제한 순간, 마력이 흩어지고 말았다.

“그럼 다음은…….”

방금과 비슷한 정도의 마력을 모아서 압축.

다만, 이번에는 고열도 추가했다.

작게…… 고열을 더해서…… 더 작고…… 더 뜨겁게…….

이렇게 대량으로 모은 마력을 엄지 첫 번째 마디 정도의 크기까지 압축한 후 한동안 고온고압을 유지했다.

잠시 후 고열과 고압을 해제한 순간.

“해냈어…….”

손바닥 위에는 마력을 띈 투명한 마석이 생성되어 있었다.

“해냈어어어어어! 성공이야아아아아!”

“뭐야! 대체 뭘 성공했다는 거야!”

다양한 문제를 해결한 덕분에 무심코 소리지르자 할머니

가 대번에 달려들었다.

“할머니! 자! 이것 좀 봐!”

“그게 뭔데? 대체 뭘…… 했길……래…….”

할머니는 방금 생성된 마석을 보고 말을 잃었다.

그야 대발견이니 놀랄 수밖에 없겠지.

“정말로…… 정말로 만들어버리다니…….”

하지만 할머니는 그렇게 중얼거리며 힘없이 무릎을 꿇고 말았다.

어라? 지금은 굉장하다면서 기뻐할 장면 아닌가?

표정만 봐선 뭔가에 절망한 듯한…….

“뭐지? 멜리다, 대체 무슨 일이길래?”

“할머님?”

“갑자기 왜 그러세요?”

뒤늦게 다가온 나머지 세 명이 바닥에 무릎을 꿇은 할머니를 응시했다.

“신이…… 신이…….”

“뭐야. 신이 뭘 어쨌길래 그런가.”

“신이…… 마석을 만들어버렸어…….”

“““……엥?”””

“자, 잠깐 좀 보자!”

“응.”

난 할아버지에게 방금 생성한 마석을 건넸다.

"이건……! 작지만, 틀림없는 마석!"

"설마…… 정말로요?!"

"마석의 생성 원리는…… 아직 해명되지 않은 세계의 비밀 아니었나요?"

세계의 비밀?! 마석의 생성 조건이라는 게 그 정도로 거창한 거였어?!

"그래, 바로 조금 전까지는 그랬지. 신, 넌 대체 어떻게 해서 마석을 생성한 거니?"

"마석은 광산 깊은 곳에서만 생성되는 거라며?"

"그랬지."

"채굴할 당시는 알아차리기 어려울지도 모르겠지만, 파내기 전에는 대량의 토사로 굉장한 압력이 가해졌던 거잖아?"

"듣고 보니…… 확실히 그렇구나."

"그렇다면…… 마석의 생성에는 높은 압력이 필요한 게 아닐까 싶더라고."

"……그래서?"

여기까지는 납득했는지 할머니가 뒷말을 재촉했다.

"처음에는 압력만 가해서 마력을 압축했지만, 실패했어. 그래서 땅속에서 얻을 수 있는 에너지가 뭐가 있나 생각해 보니까 혹시 열이 아닐까 싶어서 고열도 더했더니……."

"마석이 생성됐다는 건가……."

"이건 내 추측이지만…… 마석이 자주 발굴되는 광산은

근처에 화산이나 단층이 있는 게 아닐까?"

"듣고 보니…… 그 말이 맞아!"

"역시."

열과 압력. 그것이 마석의 생성에 필요한 조건이었다.

자연계에 있는 마력이 조금씩 모여서 압축되는 방식으로 생성되는 거니 실제로는 어마어마한 시간도 필요하겠지만 말이다.

"하아…… 진짜…… 대체 어떤 머리 구조길래 이런 생각을……."

마리아는 깊이 탄식했다.

"정말이지, 이래서 애는…… 잘 들으렴. 신."

"뭔데?"

"말해두지만, 이 일은 무슨 일이 있어도 숨기렴. 마석을 만들어낼 수 있다는 게 알려지면…… 세상이 다른 의미로 혼란에 빠질 테니까."

"그만큼 희귀해서지? 그 정도는 나도 알아. 그냥 우리가 쓸 용도로 좀 필요했던 것뿐이야."

덤으로 세계의 비밀이라고 할 정도니까 말이다.

"설마 마석에 관한 정보를 듣자마자 마석의 수수께끼를 해명해낼 줄은……. 진짜 터무니없는 애라니까."

"허허, 뭐 어떤가. 늘 진보를 멈추지 않는다는 건 그만큼 훌륭한 일이거늘."

"당신이 그 모양이니까…… 에휴……."

마석은 희귀한 데다 고가라고 하니 이 인공 마석을 시장에 유통시킬 생각은 추호도 없었다.

그런 짓을 하면 세상이 혼란에 빠진다는 것쯤은 나도 안다.

하지만 무선 통신기 말고도 필요한 수량 정도는 생성할까 싶다. 할머니에게는 미안하지만.

아, 그러고 보니 조금 전부터 시실리는 계속 조용하네?

"아무도 풀지 못한 세계의 비밀을 눈 깜짝할 사이에…… 신 군…… 굉장해요오……."

어째선지 그녀는 물기에 젖은 눈으로 날 바라보고 있었다.

제2장 우연과 오해

나는 할아버지, 할머니와 같이 알스하이드 왕성에 와 있었다.

아까 내가 해명한 마석의 생성 조건을 보고하기 위해서였다.

“세상에…… 마석 생성에 조건이 있었다니…….”

“확실히 마석은 화산 근처의 광산, 혹은 큰 단층 근처에 있는 광산에서 발굴됐다는 보고가 많았습니다. 그걸 지금까지 깨닫지도 못하다니…….”

“아니, 그보다 신. 넌 이런 걸 대체 어떻게 알아챈 거지?”

왕성 회의실에 모인 디스 아저씨, 루퍼 올그란 마법사단장, 오그는 제각기 다른 반응을 보였다.

올그란 마법사단장은 마법에 관한 사안의 총책임자로서 이 자리에 참석했다. 마석 관리도 마법사단의 업무라는 모양이다.

참고로 오늘은 경비대 대기소에서 봤을 때보다 말쑥한 옷차림이었다.

아무래도 어전이라 그렇게 옷을 대충 입을 수는 없었나 보다.

이쪽은 나와 할아버지와 할머니 셋.

시실리와 마리아는 오그의 방에서 메이, 에리와 노는 중이다.

"그 일로 디세움, 자네에게 꼭 해둘 말이 있네."

"멜리다 님께서 그렇게까지 심각한 표정을 지으시다니…… 왠지 듣기가 무섭군요."

"신이 마석의 생성 조건을 발견하게 된 것에 관한 이야기일세."

"……정말 무섭습니다만……."

디스 아저씨와 오그의 표정이 대번에 굳어버렸다.

올그란 사단장은 그런 두 사람의 반응에 의아한 표정을 지었다.

"폐하, 전하. 왜 그렇게 긴장하시는지요. 세기의 대발견에 관한 보고가 아닙니까."

"아, 그렇군……. 루퍼는 아직 신 군이 얼마나 비상식적인 인간인지 몰랐나……."

"경비대 대기소에서 본 마법 같은 건 서막에 불과해. 이 녀석이 어떤 인간인지 알면…… 이번 보고에도 터무니없는 내용이 섞여 있을 가능성이 커."

"그, 그게 서막?! 그 말씀이 사실입니까?"

오그의 설명을 들은 올그란 씨도 긴장하기 시작했다.

할머니는 그런 마법사단장을 무시하고 보고했다.

"애초에 발단은 신이 학교에서 마석을 받은 것. 그때까지 마석의 존재를 몰랐던 신이 마석에 관심을 갖게 된 것부터야."

"신 군이 관심을……."

"아바마마?"

갑자기 디스 아저씨의 얼굴이 떨떠름해진 것을 본 오그의 의아해했다.

"신 군이 어렸을 때 어땠는지 이야기한 적이 있지?"

"예, 클로드 저택에서요."

"관심을 가졌다는 건 즉, 그것이 해명될 때까지 질문이 끝나지 않는다는 뜻이란다……."

"이번에도 그러더군."

"그렇습니까……. 정말 고생 많으셨습니다, 멜리다 님."

"잠깐, 왜 나는 빼놓고 말하는 겐가?"

디스 아저씨가 할머니만 대놓고 위로하자 할아버지가 항의했다.

확실히 할아버지는 아무런 대답도 못 해줬는데 그걸 용케도 알았네.

"멀린 님은 마석이나 마도구에 관해선 잘 모르시지 않습니까. 옛날에 '마법은 호쾌하게 날리는 게 제 맛이지!' 라고 외치셨던 게 아직도 기억에 선합니다만……."

"할아버지……."

"혀, 현자님께서 그런 말씀을?!"

신도 두려워하지 않았다는 이야기를 들었을 때부터 예상은 했지만…… 옛날에는 꽤 거칠었구나…….

현자라는 호칭의 이미지와 너무나도 다른 언동에 올그란 씨는 당황한 눈치였다.

……아마 동경하던 현자상이 무너지기 시작한 거겠지.

"허허…… 이야기를 계속해주게."

아, 화제를 돌렸다.

"당신은 자업자득이야. 그래서 신이 마석에 관해 꼬치꼬치 캐묻더군. 마석으론 뭘 할 수 있어? 어떻게 입수해? 주로 어디서 나와? 어떻게 만들어지는 거야? 라고 말이지."

"하하! ……신 군은 여전하군요."

옛날에 질문 공세를 받았던 게 떠올랐는지 디스 아저씨가 쓴웃음을 지었다.

"그리고?"

"마석 발견을 우연에 의지해야 한다는 게 마음에 걸렸는지 생성 조건을 생각해 내더군."

"……고작 그것만으로 말입니까?"

"그 정도 조건이면 신 군이 생각에 빠지기에는 충분해. 그래서 가설을 세운 거겠지?"

올그란 씨는 위화감을 느낀 모양이지만, 그 정도 정보량이면 충분하지 않나?

디스 아저씨는 내 어린 시절을 아는 만큼 내 행동과 사고

패턴을 잘 알고 있었다.

“그 시점에서는 아직 가설이었다네. 그랬던 게 왜 이렇게 보고까지 하게 됐느냐면…….”

할머니가 말을 잠시 멈추자 디스 아저씨 일행은 숨을 삼켰다.“

“그 가설을 실행에 옮겼기 때문일세.”

“실행?”

““서! 설마!?””

아직 감을 못 잡은 올그란 씨와 달리 디스 아저씨와 오그는 경악한 얼굴로 벌떡 일어났다.

“그래. 그 가설을 실행에 옮겨서…… 마석을 만들어냈지 뭔가.”

“마, 마석을 만들어냈다고요?!”

““역시…….””

“폐, 폐하와 전하께선 어째서 납득하시는 겁니까?! 마석을 인공적으로 만들어냈다지 않습니까!”

혼란에 빠진 올그란 씨가 묘하게 납득한 얼굴인 두 사람에게 묻자, 디스 아저씨와 오그는 서로를 한 번 마주본 후.

““신 (군)이니까.””

동시에 그렇게 대답했다.

“그, 그런 이유로요?”

“그래서 아까 말했지 않나. 루퍼는 신 군을 모른다고…….”

"이런 비상식적인 짓을 태연히 저지르는 게 신 월포드라는 인간이야."

"아, 아무리 그래도 이건……."

"만들어버린 건 사실이니까 포기해."

"아, 예!"

할머니의 한 마디에 대국 알스하이드의 마법사단장인 올그란 씨가 입을 다물고 말았다.

……이 나라 마법사들의 수장도 할머니에게는 거스를 수 없는 건가…….

"가설을 세워서 그걸 실행에 옮기고 증명한 결과, 그 가설이 마석의 생성 조건이었다고 확정된 걸세."

"마석의 생성 조건을 판명했다는 것보다…… 오히려 그 증명 과정이 더 놀랍군요."

"넌 진짜…… 그만큼 자중하라고 했건만……."

"아니…… 아무리 나라도 인공적으로 생성한 마석을 유통할 생각은 없어. 하지만 이건 꼭 필요한 일이었거든."

"……그건가?"

"응."

무선 통신기를 만드는 데 반드시 필요했다.

뭐, 그밖에도 쓸 곳을 생각해둔 게 있긴 하지만.

"후우…… 아무튼 마석의 자세한 생성 조건까지는 공표할 수 없겠군. ……몇 군데를 조사한 다음에 마석은 화산이나 단층 근처의 땅속에서 발굴될 가능성이 크다고 공표하는 수밖에 없겠어. 신 군이 지금까지의 발굴 케이스에서 생성 조건을 찾아낸 덕분에 그걸 마법사단이 조사, 증명했다고 말이지."

"어? 내 이름을 쓸 거야?"

"실제로 발견한 건 자네 아닌가. 「마왕 신」이라는 이름도 이미 꽤 유명해졌으니 이제 와서 공적이 하나 늘어난다고 크게 문제 될 것도 없겠지."

아니, 그 이름을 퍼트린 장본인은 디스 아저씨거든?!

"발견자의 정보는 반드시 추궁당할 테고, 설마 마석을 인공적으로 만들어냈다고 말할 수도 없는 노릇. 게다가 발견자가 신 군이라면 표적이 될 걱정도 없겠지. 행여나 자네를 협박하거나 납치? ……나로선 그런 일은 도저히 상상조차 할 수 없군."

오그도 디스 아저씨의 의견에 찬성인 듯했다.

"루퍼. 마물 토벌로 바쁘겠지만, 이번 조사도 맡아다오. 될 수 있으면 비단 광산뿐만 아니라 방금 언급된 조건에 부합하는 장소의 발굴도 부탁하고 싶군."

"마법사단에도 전투에 맞지 않는 자가 있으니, 그 자를 책임자로 임명하고 인부를 고용해서 조사하도록 시키겠습니다."

"음, 이게 실증된다면 이 나라…… 아니, 세계를 뒤흔들 대발견이 될 테니 잘 좀 부탁하네."

"예!"

"아, 그리고 신 군이 마석을 생성할 수 있다는 정보는 극비다."

"말해봤자 아무도 안 믿을 것 같습니다만…… 알겠습니다."

그렇지 않아도 마법사단 소속인 처형들이 마물 토벌로 바쁘다고 했는데 괜한 일을 늘려버린 것 같아서 왠지 좀 미안했다.

"이것으로 이 세계의 마도구 사정이 크게 바뀔지도 모르겠군요."

"요즘은 마도구의 발명도 한계에 봉착한 감이 없잖아 있긴 했지. 뭐, 사실 신의 마도구 덕분에 그것도 또 바뀔지도 모르겠네만."

디스 아저씨가 기대하는 목소리로 그렇게 말한 것에는 사정이 있었다.

옛날에 할머니가 만든 마도구가 세상에 퍼진 덕분에 시민의 생활수준이 향상됐지만, 그 이상의 물건은 나오지 않고 있다는 모양이다.

지금은 할머니가 고안했던 아이디어의 모방과 개량밖에 하지 않는 식으로 마도구계 자체가 정체되어 있다든가 뭐라든가.

새로운 분야를 파고들 여지는 얼마든지 있는데 참 안타까운 노릇이다.

사실 우리 집에도 그런 새로운 시제품이 잔뜩 있는데 말이지.

예를 들면…….

"아! 신 군!"

집에 있는 시제품 목록을 머릿속으로 떠올리는데 갑자기 디스 아저씨가 큰 소리로 날 불렀다.

"왜?"

"자네 집에 있는 변기! 그걸 성의 화장실에 달아줄 수 없겠나?"

"변기? 왜 이제 와서?"

"메이가 어마마마께 말씀드렸다더군."

"그걸 듣고 줄리아가 부러워해서…… 돈이라면 낼 테니 부탁 좀 해도 되겠나?"

아, 그러고 보니 메이도 우리 집에 출입할 수 있게 됐지만 줄리아 아주머니는 아직 와본 적이 없었지.

"응, 알았……."

"그거라면 이번에 세울 상회에 의뢰하게."

내가 승낙하려 하자 할머니가 옆에서 끼어들었다.

"혹시! 그 변기를 상품으로 다루는 겁니까?!"

"그래. 상회의 첫 손님이 왕실이라면 제법 좋은 광고가 되겠지?"

개인적으로 줄까 했지만, 듣고 보니 괜찮은 이야기였다.

왕실 어용 상회.

선전 문구로서는 최상급 간판이 아닐까.

"알겠습니다. 그럼 그 상회에 발주해보죠."

"그건 그렇고…… 통신기는 아직 국가간 판매뿐이지? 첫 일반 판매 상품이 변기라니……."

뭐 이리 미묘한 라인업이…….

"그게 무슨 소리인가, 신 군! 자네는 그 변기의 훌륭함을 잘 모르는군!"

"그 말에는 전적으로 동의할 수밖에 없겠군. 처음으로 그 변기를 썼을 때의 충격은 정말이지…… 네가 만든 마도구 중에서 가장 감탄한 물건이란다."

디스 아저씨가 역설하자 웬일로 할머니가 동의했다.

늘 혼만 내는 할머니가 절찬해준 건 기뻤지만, 그게 변기 때문이라니 복잡한 기분이다.

"이젠 그게 없는 화장실은 좀……."

"저도 동의합니다. 왕성의 화장실에 그게 설치될 거라고 상상만 해도…… 마음이 들뜨네요."

할아버지는 나이가 나이니까 기쁠 만 하겠지.

오그도 평소와 다른 말투로 성의 변기가 업그레이드되는 것을 기뻐했다.

"그, 그렇게나 굉장합니까?"

우리 집 화장실 사정으로 다들 들뜨기 시작하자, 유일하게 사정을 모르는 올그란 씨가 곤혹스러워했다.

"아, 루퍼는 모르겠군. 뭐, 일반 판매도 개시할 예정이라고 하니 직접 체험해 보도록."

"폐하께서 그렇게까지 절찬하시는 물건이라면 반드시 꼭 구입해보겠습니다. 벌써 기대되는군요."

고작 변기 정도로 이렇게까지 흥분할 줄이야.

역시 세정 기능이 달린 변기는 혁신적이었나 보다.

사실 내가 더는 견딜 수가 없어서 만든 것뿐인데 말이지.

"그밖에 또 어떤 걸 팔 예정이십니까?"

"흠…… 뭐, 냉장고겠지."

"냉장고?"

이것도 처음 듣는 단어였는지 올그란 씨는 고개를 갸웃거렸다.

"냉장고 자체는 그냥 상자다. 그 위에 달린 제빙 마도구에 물을 넣고 기동하면 얼음이 생기는데, 그 냉기로 상자 안을 차갑게 식히는 물건이지."

"거기에 에일을 넣고 차갑게 해서 목욕 후에 마시면…… 정말 끝내주지."

디스 아저씨와 올그란 씨가 침을 삼키는 것이 보였다.

"냉장고는 알고 있었지만…… 목욕 후의 찬 에일입니까."

"상상하기만 해도 목이 마르군요."

"허허, 그것도 판매할 예정이니 꼭 구입하는 걸 추천하겠네."

왠지 할아버지와 할머니의 신상품 프레젠테이션 같은 분위기가 되었다.

하긴, 이제 곧 가게도 완성된다고 하니 지금부터 선전하는 것도 나쁘진 않겠지.

상대는 왕국의 톱과 마법사의 톱.

이 두 사람이 사기만 해도 엄청난 선전 효과를 기대할 수 있을 테니까.

"아바마마…… 화제가 많이 엇나간 것 같습니다만……."

"응? 아, 그렇군. 신 군이 만든 마도구는 전부 획기적인 물건이다 보니 나도 모르게 그만."

"마법도 굉장한데 마도구까지…… 월포드 군은 정말로 굉장하군요."

마도구는 컨닝이나 다를 바 없으니까 칭찬받아도 찝찝한 기분이었다.

"그래. 설마 세계의 비밀까지 해명할 줄은 꿈에도 몰랐는데……."

"이제 와서 할 말은 아니겠지만, 신 군의 두뇌가 두렵게 느껴지는군."

마석의 비밀을 깨달은 것도 어디까지나 전생의 기억 덕분이지 순수하게 이 세계의 지식만으로 밝혀낸 건 아니었다.

"그래? 아마 선입관이 없어서 눈치챈 게 아닐까?"

이렇게 말해봤자 납득할 리 없을 테니 그냥 그런 걸로 해야겠다.

"자, 이것으로 보고는 끝이겠지요?"

"그래."

"뭐, 더는 없군."

"알겠습니다. 그럼 루퍼, 마석 조사와 전 세계에 공표하기 위해 각국의 마법 학술원에 연락도 부탁하지."

"알겠사옵니다."

마법 학술원은 세계 각국에 퍼져 있어서 마법에 관한 발견이 있을 때는 거기를 통해 정보를 공유한다는 모양이다.

올그란 씨는 마석 조사와 연락을 위해 회의실을 나갔다.

"이걸로 끝…… 그럼 당장 현자님 댁에 가서 목욕 후의 찬 에일이라는 걸 마셔보고 싶습니다만."

디스 아저씨는 진지한 이야기가 끝나자마자 우리 집에 오고 싶다는 말을 꺼냈다.

진짜 자유분방한 국왕님이네.

"자네, 공무는?"

"오늘은 이걸로 끝났습니다. 그러니 제발!"

"하아, 그럼 어쩔 수 없지. 멀린, 부탁해."

"허허, 정말 사람을 거칠게 부리는 할망구라니까……."

"지금 뭐랬어?!"

"아니, 아무것도…… 그럼 신아. 우린 먼저 집에 가 있으마."

"알았어. 그럼 우린 시실리랑 마리아를 데리러 갈게."

"그래."

이렇게 어른들을 먼저 보낸 후 우리는 오그의 방으로 향했다.

"아! 신 오빠! 오랜만이에요!"

"오, 오랜만. 메이는 여전히 기운이 넘치나 보구나."

"예!"

난 오그의 방 문을 열자마자 몸을 날린 메이를 안고 안으로 들어갔다.

"오랜만이에요, 신 씨."

"에리도 오랜만."

"그건 그렇고 아우구스트 님의 분위기가 이상한데…… 무슨 일이라도 있었나요?"

오랜만에 만난 에리가 같이 방에 들어온 뒤로 계속 말이 없는 오그를 보고 그렇게 말했다.

확실히 메이가 뛰어든 시점에서 잔소리를 하지 않은 건 내가 봐도 이상했다.

"아니…… 조금 충격적인 일이 있어서. 아직 머릿속으로 정리가 되지 않은 것뿐이야."

"충격적인 일?"

"아, 그 보고겠네요……."

마리아가 쓴웃음을 지었다.

시실리도 옆에서 뭐라 해야 좋을지 몰라 약간 난처해하는 얼굴이었다.

상황을 이해하지 못한 에리도 곤혹스러운 얼굴이었다.

"그게 무슨 말씀이시죠?"

"신이……."

"신 씨가?"

"……마석 생성의 수수께끼를 밝혀냈더군."

…….

어라? 왠지 반응이…….

""예에~?!""

에리뿐만 아니라 메이까지 경악했다.

이런 작은 애까지 아는 이야기였구나…….

"마, 마석의 생성이라니! 그건 세계의 비밀이었잖아요!"

"저도 알아요! 전 세계의 연구자들이 머리를 싸매고 연구 중이지만, 아직 아무도 해명하지 못한 초 난제랬어요!"

"그걸 오늘 마석의 존재를 처음 안 신이 해명해냈지 뭐야."

마리아가 이쪽을 게슴츠레한 눈으로 노려보면서 설명을 도왔다.

"오늘 처음이요?! 그런데 어떻게 세계의 비밀을 밝혀내신 거죠?!"

"신이라서 그런 게 아닐까?"

"아아…… 하긴."

"왜 그 대답으로 납득하는 건데?!"

"예?"

"그야 뭐 신 씨니까……."

마리아와 에리는 오히려 왜 그런 걸 묻냐는 듯이 고개를 갸웃거렸다.

납득이 안 가!

"이제 내 기분을 좀 이해하겠나? 앞으로 신이 저지르는 일에는 절대로 놀라지 않겠다고 결심했지만, 이건 무리더군."

"그, 그래서요? 마석 생성의 비밀이 대체 뭔가요?!"

"저도 알고 싶어요!"

지금까지 밝혀지지 않았던 비밀의 정체를 들을 수 있을지도 모른다는 생각에 마법을 못 쓰는 에리뿐만 아니라 아직 초등학생인 에리까지 흥미진진한 표정을 보였다.

"말해줄 수 있을 리가 없잖아."

"그런! 여기까지 들었는데 비밀이라니!"

"오라버니는 심술쟁이!"

"맘대로 떠들어. 아무튼 비밀이다."

확실히 국가 기밀이라고 하긴 했는데 미래의 왕태자비와 왕녀에게는 말해줘도 괜찮지 않나?

"아, 알았어요!"

"뭐가?"

"오라버니도 신 오빠의 이야기를 이해 못하신 거죠?"

"아, 그래서 말씀해주시지 않는 거군요?"

오, 에리와 메이도 오그에게 제법 신랄해졌네.

"너, 너희들……."

아, 오그의 관자놀이가 실룩거렸다.

"적당히 좀 해!"

"꺄윽! 오라버니가 화났어요!"

"도망치죠, 메이!"

"예!"

"거기 서!"

마리아와 시실리는 갑자기 시작된 술래잡기를 구경하면서 감회 깊은 표정으로 말했다.

"에리와 메이 공주님이 전하와 이런 식으로 장난칠 수 있게 될 줄이야……."

"후후, 맞아. 얼마 전에는 상상도 할 수 없었는데."

"그랬어?

요즘은 자주 보는 광경이잖아?

"그야 저 아우구스트 전하잖아? 두뇌뿐만 아니라 마법 실력으로도 역대 왕족 중 손꼽히는 걸물이라는 평가를 받는 분이신걸."

"지나치게 유능해서 접근하기 어려운 분이셨으니까요."

"흐음."

전혀 상상이 안 갔다.

내 눈에는 남들에게 장난치기 좋아하는 능구렁이 왕자로밖에 안 보이는데 말이지.

"너를 만난 후부터야. 그런 분위기가 사라지신 건."

"신 군은 마법에 관해선 전하를 아득히 초월한 존재니까요. 계속 정상에 있어야만 한다는 중압감이 사라진 덕분에 변하신 게 아닐까요?"

"사촌 형제처럼 대해줘서 그런 게 아닐까?"

내 존재가 오그의 부담감을 덜어줬다는 게 왠지 쑥스러워서 그런 말을 꺼내자 마리아가 기가 막힌 얼굴로 대답했다.

"전하께도 사촌 형제는 있어. 하지만 다들 전하와 거리감이 있어 보였지. 평범한 사촌 형제처럼 대하는 것 자체가 이상한 거야."

"후후, 그래도 전하께선 이 관계가 마음에 드신 것 같지만요."

시실리는 아직도 술래잡기 중인 세 사람을 자애로운 표정으로 바라보았다.

그 후에는 결국 메이와 에리의 부탁에 항복한 오그가 해명됐다는 것 자체도 비밀로 하라고 못을 박은 후 나에게 설명을 떠넘겼다.

결국 나냐!

◆

마리아와 에리에게 납득이 가지 않는 평가를 받은 다음 날, 나는 빈 공방을 방문했다.

"오, 웬일이냐. 신. 또 무슨 좋은 아이디어라도 떠올랐어?"

다름 아닌 무선 통신기 제작을 부탁하기 위해서였다.

판매는 이제 곧 열릴 상회에서 할 예정이지만, 개발과 생산에는 공방의 힘이 반드시 필요했다.

최근 빈 공방이 기존 사업뿐만 아니라 왕국 제식 장비의 발주로 꽤 바쁘다는 건 알고 있었다.

하지만…… 여기보다 솜씨 좋고 신뢰할 수 있는 공방은 없었다.

"그건 또 뭔 소리냐. 장사가 더 잘 되면 좋은 거지. 무엇보다 네가 가져오는 아이디어는 하나 같이 재밌으니까 장인으로서도 도전해볼 맛이 나!"

그래서 내가 미안해하자 마크의 아버지는 호쾌하게 웃어넘겼다.

참 고마웠다. 뭐랄까, 난 좋은 인연을 많이 가졌다는 생각이 들었다.

그만큼 사건에도 자주 휘말리지만…….

그러고 보니 요즘 들어서 마인 이야기가 싹 사라졌다.

두 번이나 져서 포기한 걸까? 아니면 다른 계획을 꾸미고 있는 걸까?

놈들이 이렇게 쉽게 포기할 리 없을 테니 지금은 다음 습격을 대비한 준비 기간이라고 보는 편이 낫겠지.

그렇다면 나도 한 시라도 빨리 무선 통신기를 실용화해야겠다.

"저번에 통신기를 만들었잖아요?"

"오, 그건 참 굉장한 물건이었지. 설마 원거리 통신이 실현될 줄은……."

사장님은 감회에 젖은 표정이었지만, 나는 바로 본론을 꺼냈다.

"그 통신기를 무선으로 만들어볼까 해서요."

"무선……?!"

아, 굳어버렸다.

"지금 통신기는 무선이라 연락을 주고받을 수 있는 곳이 한정되잖아요? 하지만 무선이 된다면 통신기를 휴대할 수 있으니 한 번 만들어보려고요."

"……날 찾아왔다는 건…… 벌써 구상이 끝났다는 거겠지?"

"예, 뭐 구상은요……."

통신기에 고유 번호를 부여해서 연락하는 쪽이 그 번호를 지정하면 해당 통신기와 연락을 할 수 있을 것.

공통 번호를 부여해서 한 번에 여러 통신기에 송신이 가능할 것.

마석을 달아서 상시 작동 상태를 유지할 것.

"부탁드리고 싶은 건 이 정도네요. 번호를 지정해서 송신하는 기능은 제가 마법으로 부여할 테니 그 번호를 지정할 수 있게 만들어주세요."

"마, 마석을 쓰겠다고?! 엄청나게 비싸질 텐데?!"

"그 문제는 해결됐어요. 아직 검증 중이지만, 마석을 쉽게 채굴할 수 있는 가능성이 생겼거든요."

"뭐?! 혹시 마석 생성의 원리가 밝혀진 거냐?!"

사장님의 그 발언에 늘 시끌벅적한 공방이 삽시간에 조용해졌다.

이런! 빨리 얼버무려야 해!

"아, 아니! 그게 아니라! 지금까지 주로 채굴된 장소에서 마석의 분포 경향을 찾아냈다고 해야 할지…… 지금 조사 중이지만요."

"그것만으로도 굉장한 발견이잖아! 신, 설마 네가?"

"예, 뭐……."

그러자 사장님이 호쾌하게 등을 때렸다.

아파! 혹시 근육이 우락부락한 사람들은 등을 치는 걸 좋아하는 건가?

"굉장하잖아, 신! 마석 유통량이 늘어나면 가격도 떨어지고 입수하기도 편해져. 그럼 당연히 마도구의 연구 개발도

발전할 거다! 이건 역사가 움직인 순간일지도 몰라!"

앞으로 시작될 마석 유통 혁명에 공방 전체가 기대감으로 고조되었다.

역시 장인들답다. 이것저것 시험해보고 싶어서 참을 수가 없는 거겠지.

그건 상관없지만, 지금 우선시해야 할 일은 마석이 아니었다.

"그것보다 통신기부터 잘 부탁드려요."

"그래! 맡겨만 둬!"

"그리고 부탁드리고 싶은 게 하나 더 있는데……."

"응? 뭔데?"

"아, 이건 간단한 거니까 금방 끝내실 수 있을 거예요."

정말로 간단한 작업이라 그 자리에서 완성한 것들을 가지고 집으로 돌아왔다.

내 나름대로의 선물이었다.

"신 군, 어서 와요."

""""어서 오십시오.""""

집에 도착하자 시실리를 필두로 한 고용인들이 날 맞이했다.

뭐랄까, 벌써 완전히 익숙해진 모양이다.

"다녀왔어, 시실리. 이젠 위화감이 없는걸. 모두와 친해진 것 같아서 다행이야."

"예! 다들 굉장히 친절하신걸요."

시실리는 시녀장인 마리카 씨를 필두로 한 메이드들을 돌아보며 미소 지었다.

그 미소에 거짓은 없었다. 정말 친해진 모양이다.

"당연하죠. 작은 마님께선 남자의 힘에만 의지하는 여성이 아니니까요. 신 님을 곁에서 지탱해주는 것뿐만 아니라 지금은 세계를 구할 성녀로서 높은 평가를 받고 계십니다. 그런 존경스러운 분을 월포드가의 안주인으로 맞이할 수 있게 된 것을 저희 고용인 일동은 진심으로 영광스럽게 생각하고 있답니다."

마리카 씨의 발언에 고용인들, 특히 메이드들이 일제히 고개를 끄덕였다.

시실리가 여자들 사이에서 높은 평가를 받는 건 나에게도 기쁜 일이었다.

"작은 마님은 저희가 온 힘을 다해 섬길 테니 신 님께선 아무쪼록 안심해주세요."

"여러분…… 고맙습니다! 저도 열심히 노력할게요!"

시실리는 메이드들에게 감사를 표한 후 가슴 앞에서 주먹을 꾹 쥐었다.

저런 모습도 왠지 귀여운걸…….

"예, 작은 마님께선 열심히 후사를 부탁드립니다!"

"후, 후사……?!"

시실리의 귀여운 모습에 넋을 잃고 있자, 마리카 씨가 대뜸 터무니없는 말을 꺼냈다.

"너무 성급하잖아!"

나는 가슴 앞에서 주먹을 쥔 채 새빨개진 얼굴로 후사라는 단어만 중얼거리는 시실리를 냉큼 거실로 데려왔다.

그러자 거실에 있었던 할머니가 방금 대화를 들었는지 웃으면서 말을 걸어왔다.

"아하하! 벌써 우리 집에 완전히 녹아든 모양이구나, 시실리. 아주 잘됐어."

"후사…… 앗! 죄죄죄죄죄송합니다! 그리고 감사합니다……."

"하지만 아기는 이 소동이 끝날 때까지 미뤄두렴. 너도 어엿한 전력이니까."

"아, 아기……."

"할머니도 그만 좀 놀려!"

이제 슬슬 머리에서 수증기가 피어올라도 이상하지 않을 것 같은 시실리가 불쌍해져서 내가 한 마디 하자, 할머니가 갑자기 웃음을 거두고 진지한 표정을 지었다.

"놀리는 게 아니라 진지한 이야기야. 시실리는 앞으로 마인과 싸울 때 큰 힘이 될 텐데 갑자기 임신이라도 해 보렴. 그건 큰 전력 손실이야."

"그건 뭐…… 그렇겠지."

시실리는 치유 마법이 특기라곤 하지만, 마법사단 소속의 마법사보다 훨씬 더 강력한 공격 마법을 쓸 수 있었다.

그런 그녀가 갑작스러운 임신으로 이탈하게 된다면 필연적으로 큰 전력 손실이 따를 테니, 할머니는 전력 유지를 위해 그동안 우리가 깊은 관계가 되는 걸 방해했던 모양이었다.

"그보다 대체 어딜 다녀온 거니?"

"아, 빈 공방에 발주를 좀 넣고 왔어."

"발주?"

"이거."

나는 조금 전에 공방에서 만들어준 물건을 꺼냈다.

마법은 받은 즉시 부여했다.

"시실리."

"아, 예!"

나는 어째선지 망상에 잠겨있던 시실리를 불러서 제정신으로 돌아오게 한 후 빈 공방에서 제작한 물건을 보여주었다.

"자, 선물."

"예? 이건…… 목걸이?"

"응. 어떤 마법을 부여한 물건이야."

"어떤 마법이요?"

"응. 『이물(異物) 배제』. 몸에 침입한 독이나 이물질이 흡수되지 않도록 막는 마법이야."

"그건……."

그 설명에 시실리도 내가 말하고자 하는 바를 대충 깨달은 모양이었다.

“앞으로 우린 아마 전면에 나서게 될 때가 많을 거야. 그렇게 되면…… 적은 마인뿐이 아니게 되겠지. 슬픈 일이지만, 난 그렇게 됐을 때 후회하고 싶지 않아.”

앞으로 일어날지도 모르는 위기.

타국이 적으로 돌아서는 것.

나는 만약 그렇게 됐을 때 시실리의 몸에는 부디 아무 일도 없기를 바라며 목걸이를 걸어주었다.

이 목걸이는 아무리 몸을 지키기 위한 마도구라고는 해도 여자가 차고 다닐 물건이니 디자인도 귀엽게 만들었다.

“지금까지는 외부의 공격만 막았지만, 이걸로 내부의 위협도 막을 수 있을 거야. 어때?”

마음에 들었을까?

뭐랄까, 굳이 따지자면 순수한 선물이 아니라 몸을 지킬 방어구를 선물한 셈이니 그다지 기쁘지 않을지도 모르겠다.

하지만 시실리는 감격한 얼굴로 안겨들었다.

“고마워요. 신 군의 따스한 마음이 전해지는 것 같아요. 정말…… 정말 기뻐요…….”

그리고 내 품에서 그렇게 말해주었다.

다행이다. 마음에 든 것 같아서.

“그건 상시 발동이니까 그냥 가지고 있기만 해도 돼. 독뿐만 아니라 앞으로는 감기도 안 걸릴 거야.”

"상시 발동이라니…… 설마."

"마석을 썼거든."

"마, 마석이 달린 목걸이?!"

그 순간, 시실리는 화들짝 뒤로 물러나서 목걸이를 빤히 쳐다보았다.

"아, 뒤에 작은 마석이…… 왜 마석을 쓴 건가요?"

"그야 상시 발동이 아니면 독에 당했을 때 바로 해독할 수 없잖아? 그리고 수면제도."

적어도 나는 불가능했다.

"하긴…… 그렇게 된 후에는 늦겠네요."

"그러니 상시 발동이 아니면 의미가 없어. 구상은 계속 하고 있었지만, 이제야 겨우 실현한 거야."

"그랬군요……."

"요즘 들어서 특히 시실리를 노리는 놈들이 많다고 하니…… 난 절대로 널 그런 놈들에게 뺏기고 싶지 않아."

"신 군!"

시실리가 다시 내 품으로 돌아왔다.

"기뻐요……. 신 군."

"무슨 일이 있어도 지켜줄게."

"예, 지켜주세요……. 제 곁에서 떨어지지 말아주세요."

"시실리……."

"신 군……."

"으흠!"

아차! 여긴 거실이었지!

"너희는 정말 사이가 돈독하구나. 금방 그렇게 주위가 눈에 들어오지도 않을 정도로."

"신 님과 작은 마님의 화목한 모습을 보는 건 저희에게는 무척 기쁜 일이랍니다."

할머니가 기막혀 했지만, 현관에서 돌아온 마리카 씨를 비롯한 고용인들은 흐뭇한 표정이었다.

"또…… 또 저질러버렸어요……."

시실리는 진심으로 부끄러웠는지 얼굴을 두 손으로 가리고 고개를 들지 못했다.

"그건 그렇고…… 마석을 참 사치스러운 방식으로 썼구나."

할머니가 시실리의 목걸이를 보고 탄식했지만, 사실 목걸이는 하나가 아니었다.

"아, 할아버지랑 할머니 것도 있어. 여기."

할머니 건 시실리 것보다 장식이 적은 여성용 목걸이.

할아버지 건 장식이 없는 심플한 목걸이였다.

"우리 것까지?"

"이거 참…… 우리가 노려질 일이 있으려나?"

"방금 내가 말했잖아. 몸에 침입한 이물질을 배제하니까 감기도 안 걸릴 거라고. 할아버지랑 할머니도 이젠 연세가 지긋하니까 몸조심해야지."

그렇다. 이건 몸속에 침입한『이물』을 배제하는 마도구다.

다시 말해, 몸에는 어디까지나 이물질인 병원균까지 배제한다는 뜻이다.

노인에게는 작은 병도 위험한 법이니 아무쪼록 할아버지와 할머니는 몸에서 떼지 않고 차고 다녔으면 싶었다.

"우리까지 걱정해서……."

"정말…… 정말 착한 아이로 자랐구나……."

할아버지와 할머니가 감동해서 눈물을 글썽거리자 고용인들은 그 광경을 따스한 눈으로 지켜보았다.

"여러분도 자, 받으세요."

"저, 저희도요?! 그럴 수는 없습니다! 이런 비싼 물건은 도저히……."

"괜찮아요. 여러분도 우리 집의 구성원인데 갑자기 병에 걸려서 쓰러지거나 하면 큰일이잖아요? 그러니 늘 차고 다녀주세요. 이건 명령입니다."

분위기를 봐선 받아주지 않을지도 몰라서 명령으로 목걸이 착용을 의무화했다.

"신 님…… 저희까지 배려해주셔서 감사합니다."

""""감사합니다!""""

응. 이걸로 월포드가는 안전하겠지.

"후후, 다정하시네요."

"그래?"

“예. 전 그런 점도 정말 좋아한답니다.”

“응, 고마워.”

“후후후.”

부활한 시실리가 왠지 기뻐 보였다.

“그건 그렇고 이물 배제라…… 용케도 그런 아이디어가 떠올랐구나.”

“응, 뭐.”

원래는 독 배출을 목적으로 만든 거였지만, 『이물』이라는 큰 카테고리로 부여했을 때 얻은 예상 밖의 효과였다.

그래서 감기 같은 바이러스나 세균까지 배제할 수 있다는 것을 알았을 때는 기뻐서 춤까지 췄을 정도였다.

“응? 으음? 이물…… 앗! 신, 너 설마?!”

“왜 그래? 할머니.”

조금 전까지 감격하고 있었던 할머니가 갑자기 정색했다.

응? 대체 뭐지?

“이물 배제…… 그렇다는 건…… 네 그것도 따지고 보면 이물이니까…… 시실리의 몸에서 배제될 테니…….”

“느닷없이 왜 이상한 오해를 하는 거야! 할머니!”

“……정말 그런 의도는 없었다는 거니?”

“지금 처음 알았거든?!”

듣고 보니 확실히 그랬다. 『독』이 아니라 『이물』이니까 그런 의도로 만들었다고 오해하는 것도 당연했다.

큰일이네……. 이러다 경멸당하는 거 아니야?

조심스럽게 시실리에게 시선을 돌리자…….

"신 군……."

엄청 뜨거운 눈으로 날 쳐다보고 있었다.

우와아…… 그런 젖은 눈으로 쳐다보면 난, 나는……!

"시실……."

"이런 데서 갑자기 발정하지 마! 이 멍청한 녀석!"

결국 난 할머니에게 있는 힘껏 머리를 얻어맞았다.

◆

마인에게 멸망당해 자취를 감춘 구 제국.

그곳의 옛 도읍은 현재 마인들의 수괴인 올리버 슈투름을 비롯한 마인들이 점거했을 뿐만 아니라 수많은 마물이 활보하는 마도(魔都)로 바뀌어 있었다.

그런 마도의 옛 황성을 어떤 마인이 방문했다.

전 제국 첩보부대의 대원이자 얼마 전까지 배반한 마인들의 그룹에 잠입했었던 로렌스였다.

"로렌스, 방금 도착했습니다."

"왔나. 일단 앉도록."

"실례하겠습니다."

로렌스를 맞이한 것은 슈투름의 오른팔이나 다름없는 제

스트였다.

그는 얼마 전에 신 일행의 전력을 분석하다가 신의 약점이라고 해도 좋을 사안을 발견한 로렌스에게 새 임무를 맡기려 했다.

"로렌스. 전에 보고한 신 월포드의 약점 말이다만."

"예, 틀림없을 겁니다. 그저 창끝을 향한 것만으로도 그렇게까지 분노했으니까요. 하지만…… 정말로 실행에 옮기실 겁니까? 놈이 미쳐 날뛰면 우리 힘으로는 감당할 수 없을 텐데요."

"딱히 상관없다. 나도 이걸로 놈을 어찌 할 수 있으리라고 생각하진 않아."

"그런가요? 그럼 이번 임무는……."

로렌스가 의미도 없는 임무를 떠맡는 게 아닐까 우려하자 제스트가 바로 부정했다.

"직접적으로 타격을 주는 것만이 성과는 아니지. 만약 놈이 미쳐 날뛰다가 위해를 가한 인물을 해친다면…… 지금까지 영웅이라 칭송받은 놈의 평가가 어떻게 변할 것 같나?"

"……그런 거였군요. 당장은 영웅이라 칭송받고 있지만, 분노에 몸을 맡기고 날뛰면 세간에선 영웅이 아니라 위험인물로 보게 될 거라는……."

"대충 그런 셈이다. 사실 그뿐만은 아니지만."

"다른 이유도?"

앞으로 자신들이 실행할 임무로 신이 분노해서 가해자를 죽인다면 같은 인류에 이를 드러낸 위험인물로 규탄당하리라.

그렇게 되면 최전선에 서는 건 어려워질 것이다.

다음 작전의 진짜 의도를 알게 된 로렌스가 존경하는 눈으로 쳐다보았지만, 당사자의 노림수는 그뿐만이 아닌 모양이었다.

"힌트는…… 우리의 주군이다."

"슈투름 님?"

"그래, 슈투름 님께서 마인이 된 경위는 들었겠지?"

"예. 너무나도 처참한 이야기라 입이 다물어지지 않을 정도였습니다만…… 아!"

"그때와 같은 일이 벌어질지도 모르지."

"하긴 듣고 보니……."

제스트의 설명을 들은 로렌스는 더더욱 감탄했다.

"그건 그렇고 이번 작전의 산제물이 될 인물은 찾았나?"

"아, 예. 이 남자입니다만……."

"호오."

로렌스가 제시한 인물을 본 제스트는 무심코 탄성을 흘렸다.

이 남자의 지위와 영향력이라면 분노로 미쳐 날뛰는 신에게 살해당했을 때의 비난도 어마어마하리라.

만일 비난당하지 않는다 해도…….

"후후, 그만한 마법사가 절망했을 때 과연 어떤 일이 일어날지 궁금하군."

"솔직히 보고 싶지만, 그만큼 두렵기도 하군요."

"뭐, 어떤 결과가 나오든 일단 저질러보는 수밖에 없겠지. 놈과 정면으로 싸우는 건 너무 위험해."

제스트는 로렌스에게 받은 이번 작전의 핵심 인물의 자료가 기재된 서류를 보면서 그렇게 중얼거렸다.

그리고 신 일행의 힘을 직접 두 차례나 본 로렌스도 그 말을 듣고 진심으로 안도했다.

"그럼 바로 작업에 착수하겠습니다."

"음. 부탁한다."

"예!"

로렌스는 경례한 후 제스트의 앞에서 물러났다.

그리고 자신이 건넨 서류에 기입된 인물을 떠올렸다.

"창신교의 대사교라……."

이 세계의 유일한 종교인 창신교.

지역에 따라 교의 해석에 다소 차이는 있지만, 뿌리는 같은 종교이다.

그런 유일교의 대사교라는 중요인물이 이번 작전의 타깃이었다.

"……흥."

하지만 성직자를 끌어들여야 하는데도 로렌스는 죄책감은

커녕 증오로 물든 표정을 지을 뿐이었다.

◆

한편, 설마 자신이 마인들의 표적이 된 줄은 꿈에도 모르는 인물이 있었다.

"풀러 대사교님!"

이스 신성국의 성도(聖都)에 있는 대성당의 한 복도에서 여성 신자(神子)가 한 남자를 불러 세웠다.

"무슨 일이지?"

풀러 대사교라 불린 남자는 자신을 불러 세운 여성 신자를 머리부터 발끝까지 핥는 듯한 시선으로 훑어보며 용건을 물었다.

"그, 그게…… 교황 예하께서 부르십니다."

이 남자의 소문을 들은 적이 있는 여성 신자는 겁에 질린 얼굴로 대답했다.

"흠, 교황 예하께서?"

"아, 예. 급히 회의실로 오라 하십니다."

"그런가. 알았다. 바로 가지. 그건 그렇고……."

풀러는 용건을 전하자마자 떠나려는 여성 신자의 어깨를 붙들고 끌어당겼다.

"히익!"

"너, 미색이 제법 반반하구나. 이 회의가 끝나면……."

"풀러 대사교! 지금 뭘 하고 계신 겁니까!"

하지만 노골적으로 추잡한 제안을 하려는 풀러를 방해하는 목소리가 끼어들었다.

"칫…… 뭐냐. 마키나. 기껏해야 사교 주제에……."

"확실히 전 일개 사교입니다만, 저희를 소집하신 건 경애하는 교황 예하십니다."

"저희?"

"저도 호출을 받았으니까요."

자기만 부른 게 아니라는 걸 안 순간 풀러는 명백히 낙담하는 기색을 보였다.

그 틈에 마키나라 불린 사교는 여성 신자에게 얼른 가라고 손짓했다.

여성 신자는 마키나에게 몇 번이나 고개를 숙여 감사하며 그 자리에서 떠나갔다.

그 광경을 짜증스러운 눈으로 지켜본 풀러는 곧 마키나를 노려보았다.

"그래서? 나뿐만 아니라 너까지 부르셨다면 별 대수로운 일은 아니겠지?"

풀러는 자신보다 신분이 낮은 마키나까지 소집됐다는 점에서 그다지 중요하지 않은 일이라 판단했다.

어지간히 중요한 일이었다면 자신만 불렀을 거라고 믿어

의심치 않았다.

하지만 실제로는 풀러를 빼놓고 안건을 진행하는 경우도 많았다.

그런 사정을 잘 아는 마키나의 눈에는 풀러의 거만한 모습이 우스꽝스럽게 보였지만, 아무리 혐오스러워도 자신은 사교였고 풀러는 대사교였다.

최대한 감정이 드러나지 않도록 자제하며 대답했다.

"글쎄요. 전 아직 아무 말씀도 못 들었습니다만."

"참 나, 예하도 곤란하신 분이로군. 나에게 전부 맡겨주시면 될 것을."

마키나는 교황조차 자신의 아래로 보는 경향이 있는 풀러를 뒤에서 계속 노려보면서 걸었다.

◆

이스 신성국에서 대사교와 사교가 교황의 소집을 받았을 무렵, 엘스 자유 상업 연합국에서도 비슷한 움직임이 있었다.

"마 누가 나바르 좀 불러 온나."

엘스 자유 상업 연합국의 대통령부.

그중에서도 눈에 띄게 호화로운 방의, 호화로운 의자에 앉은 남자.

엘스 자유 상업 연랍국의 대통령인 아론 제니스였다.

대통령은 독특한 엘스 사투리로 대통령부의 직원 중 한 명을 집무실로 불러오라는 지시를 내렸다.

그러자 같은 대통령부에 있던 나바르라는 직원이 곧 들어왔다.

"나바르, 왔는뎁쇼."

"오, 왔나. 거기 앉아 보그래이."

"예에…… 그럼 실례합죠."

아론은 나바르가 소파에 앉자마자 본론을 꺼냈다.

"니 알스하이드에서 제안이 온 건 알고 있나."

"그야 뭐…… 전 외무국 소속이잖아요? 모르는 게 더 이상하죠."

"하긴. 근데 저쪽…… 알스하이드는 국왕이 아니라 왕태자를 회담에 보낼 예정이라더구마."

나바르는 아론의 말을 듣자마자 인상을 찌푸렸다.

"알스하이드의 왕태자라면…… 얼마 전에 열여섯 살이 된 풋내기 아닙니까? 그런 꼬맹이를 국가 대표로 보낸다고요?"

"그런갑다. 듣자니 아직 어려도 알스하이드 왕실의 역대급 걸물이라는 평이데이."

"하아…… 그런데 그게 또 왜요?"

"니 그 회담에 나가서 알스하이드의 이권 좀 뜯어 오그래이."

"……예?"

"긍께 니를 우리 대표로 보내겠다는 기다."

아론의 전혀 예상치 못한 명령에 한순간 멍한 표정을 지었던 나바르는 곧 입가를 끌어올려 웃었다.

"그럼…… 거기서 제 이권도 좀 챙겨도 되겠습니까?"

"오, 할 수만 있다면 얼마든지 뜯어 봐라."

아론의 확약을 받은 나바르는 소파에서 바로 일어났다.

"그렇게 정하셨으면 바로 마무리 작업에 들어가죠. 그럼 실례하겠습니다."

"그랴. 단디 하고 온나."

예상치 못한 큰 기회가 오자 나바르는 가슴이 뛰는 것을 느꼈다.

알스하이드라는 대국을 상대로 이권을 뺏어올 기회.

지금은 대통령부의 직원이지만, 원래 상인 출신이었던 나바르는 눈앞에 놓인 큰 거래에 좀처럼 흥분이 가라앉지를 않아 몸을 떨었다.

"……알스하이드 국왕 폐하와 도사님께는 미안하지만, 이것도 국가 번영을 위한 일이니 어쩔 수 없제."

한편, 부하의 뒷모습을 배웅한 아론은 자리에서 일어나 창밖을 바라보았다.

"후, 후후…… 근데 혼나면 우짜지?"

그리고 그밖에 모르는 공포에 잠겨 몸을 떨 수밖에 없었다.

◆

"우훗, 쿠흐흐흐…… 좋구나 좋아. 아주 좋은 전개다."

창신교 교황의 호출을 받고 어떤 전달사항을 들은 풀러 대사교는 자기 방에 오자마자 그때까지 참고 있었던 기쁨을 발산했다.

"마침내, 마침내 내 손에 들어오겠구나. 전에는 실패했지만…… 이번에야말로."

교황이 내린 임무.

그것을 수행함으로써 오랫동안 꿈꿔왔던 일이 이루어지리라.

풀러는 그저 춤이라도 추고 싶은 기분이었다.

일정은 아직 조정 중이지만, 머잖아 정식으로 결정이 날 터.

풀러는 그 날을 고대하면서 침대에 누웠다.

풀러가 완전히 잠든 후, 그의 방으로 침입한 그림자가 있었다.

"나 원, 이런 욕망의 화신이 대사교라니…… 세상도 참 말세로군."

"우리 같은 것들이 우글우글 튀어나온 시점에서 이미 말세겠죠."

"훗, 틀린 말은 아니군."

이스 신성국의 대성당은 타국의 성당들과는 규모 자체가

달랐다.

본당만 해도 세계 유일교의 총본산답게 그저 장엄할 뿐만 아니라 터무니없이 넓었지만, 국가로서의 기능도 병행해야 하다 보니 업무용 공간과 고위 성직자를 위한 거처까지 마련되어 있었다.

그 결과, 이스 대성당은 일국의 왕성급 규모를 자랑하는 건물이 될 수밖에 없었다.

그리고 대사교라는 고위 성직자인 풀러도 이 광대한 건물 안에 개인실을 갖고 있었다.

더욱이 신분이 높은 자는 실제로 높은 곳에서 살아야한다는 지론을 가진 그의 방은 건물 최상층에 있었다. 사실 대사교 위에는 추기경과 교황도 있었지만, 그들은 최상층까지 오가는 게 힘들다는 이유로 낮은 층에 개인실을 가지고 있었다.

그런 최상층에 별 어려움 없이 침입한 존재는 다름 아닌 마인 제스트와 그의 부하 로렌스였다.

"이 녀석이 그런 소원을 가진 건 틀림없겠지?"

"예, 확실합니다. 과거에 한 번 확보에 실패한 탓에 이상할 정도로 집착하는 모양이더군요."

로렌스는 세계 각지를 뛰어다니며 얻은 정보를 제스트에게 전했다.

"그렇군. 자, 그럼 우리의 역할은……."

그렇게 말한 제스트는 손바닥에 마력을 모았다.

마인인 그가 마력을 모으자 일반인의 눈에도 보일 정도로 검은 마력이 모이기 시작했다.

"이 자의 욕망을 더 크게 만들어주는 거다."

제스트는 풀러의 이마 위에 손바닥을 올렸다.

그러자 곧 검은 마력이 풀러의 얼굴을 뒤덮었다.

옆에서 보면 기이한 광경이겠지만, 검은 마력에 감싸인 풀러는 전혀 눈치채지 못한 것 같았다. 괴로워하는 기색도 없었다.

제스트가 그렇게 잠시 검은 마력을 방출하고 있자 풀러의 입가에 기분 나쁜 미소가 떠올랐다.

그 표정을 본 제스트는 일단 방출을 멈추고 풀러의 상태를 확인했다.

"……흥. 기분 나쁘게 웃기는."

"검은 마력으로 어두운 감정이 증폭됐으니까요. 지금쯤 자신의 소원이 이루어진 꿈이라도 꾸고 있는 게 아닐까요?"

로렌스가 언급한 내용에 따르면 아무래도 검은 마력은 그저 마법의 발동에만 작용하는 게 아니라 어두운 감정을 증폭시키는 것도 가능한 모양이었다.

그 힘으로 풀러의 욕망을 더 강하게 만든 것이다.

아무튼 오늘 목표를 달성한 제스트와 로렌스는 실제로 천박하게 웃으며 잠꼬대하는 풀러를 흘겨보고 대성당 최상층인 이 방의 창문으로 탈출하려 했다.

먼저 제스트가 나간 후, 로렌스는 다시 한 번 풀러를 돌아보며 혼잣말을 했다.

"성녀를 손에 넣은 꿈이라도 꾸는 거겠지."

제3장 자중? 뭐야 그게? 맛있는 거야?

시실리와 할아버지와 할머니에게 목걸이형 마도구를 선물한 날, 시실리는 직접 게이트 마법을 써서 귀가했다.

내가 고안한 마도구에 의도치 않게 그런 효과가 있다는 것이 판명됐지만, 이런 분위기고 뭣도 없는 상황에서 첫 경험이라니 제발 여심을 좀 파악하라는 할머니의 잔소리를 듣고 결국 아무 것도 할 수 없었다.

하지만 이건 바꿔 말하면…… 할머니의 허가가 떨어졌다는 뜻이었다.

지금까지 그런 행위를 금지한 건 시실리가 전력에서 빠지게 되는 걸 우려했기 때문이었던 것 같으니 이 마도구만 있으면 이젠 걱정할 필요 없다는 거겠지.

하지만 허가를 내려봤자…….

"시, 신 군. 안녕하세요……."

"어, 아, 안녕. 시실리."

마도구 때문에 소동이 일어난 다음 날, 같이 등교하려고 게이트 마법으로 우리 집에 온 시실리와 마주치자마자 서로 시선을 피하고 말았다.

부끄러워서 얼굴을 보는 게 괴로워!

둘이서 서로를 마구 의식하느라 곁에 있기만 해도 얼굴이 달아올랐다.

사귀게 된 지 꽤 시간이 지나서 어느 정도 서로에게 익숙해졌는데도 이런 꼬락서니다.

그렇게 둘이서 머뭇거리고 있자 뒤에서 갑자기 할머니의 목소리가 들렸다.

“자, 그렇게 꾸물대다 지각하겠다! 냉큼 다녀 오렴.”

이게 다 할머니 때문이거든?!

무서워서 직접 말할 수 없으니 마음속으로만 외쳤다.

“그럼…… 다녀 올게.”

“다, 다녀 오겠습니다.”

“그래. 사고 조심하고.”

“허허, 잘 다녀 오려무나.”

결국 평소처럼 할아버지와 할머니의 배웅을 받고 등교했다.

집을 나오자마자 시실리가 내 팔을 끌어안았지만, 어제 일 때문인지 밀착하는 행위 자체가 이상하게 의식됐다.

시실리도 약간 긴장한 분위기고.

나는 부끄러워서 그대로 잠시 말없이 걸었지만, 이대로는 좋지 않다는 생각이 들어서 마음을 굳히고 입을 열었다.

“저기, 시실리.”

"예, 예엡?!"

……혀 씹었구나.

웃겨서 나도 모르게 웃음이 나왔다.

"풋, 아하하하!"

"너, 너무해요! 신 군!"

"하하, 미안. 고백했을 때가 생각나서."

"아으…… 그때도 혀를 깨물었었죠……."

시실리도 그 날이 떠올랐는지 부끄러운 얼굴로 고개를 숙였다.

나는 그런 그녀를 흐뭇한 눈으로 바라보며 본론을 꺼냈다.

"저기, 시실리. 우리 어깨 힘을 좀 빼는 게 어떨까?"

"어깨 힘……이요?"

할머니의 허가가 나온 순간부터 우리는 반쯤 의무처럼 그런 일만 생각하고 있는 게 아닐까 싶었기 때문이다.

"응. 저기, 우린 약혼했잖아?"

"예."

"이 소동이 끝나면 식도 올리겠지?"

"그, 그렇겠죠."

"그러니까…… 언젠가는…… 그, 그런 일도…… 하겠지?"

"하으……."

시실리의 얼굴이 새빨개졌지만, 아마 나도 만만치 않을 거다.

얼굴이 뜨거워!

그래도 이건 확실히 말해둬야만 하는 일이었다.

"이 마도구가 의도치 않게 그……그런 효과가 있다는 걸 알게 됐지만…… 꼭 무리해서 할 필요는 없지 않을까?"

"저, 전 딱히 무리 같은 건!"

시실리가 어제 선물 받은 목걸이형 마도구를 쥐고 필사적으로 부정했지만, 내가 말하고자 하는 바는 그런 게 아니었다.

"그런 뜻이 아니라 자연스럽게라고나 할까…… 그런 분위기에서라고 해야 할까…… 견딜 수 없을 정도로 서로를 간절히 원할 때라고 할까…… 아무튼 꼭 의무처럼 생각할 필요는 없다는 뜻으로 한 말이었어."

내 말을 들은 시실리는 잠시 고민한 후 대답했다.

"그러게요……. 저, 저도 꼭 해야만 하는 일이라고 생각한 걸지도 모르겠어요."

"응. 세상의 연인들이나 부부는 다들 하고 있는 일이니까."

서로 그런 관계를 가져야만 진정한 의미에서 연인이 된다고 착각했던 걸지도 모르겠다.

"우린 우리 페이스대로 가자. 무리해서 발돋움하지 말고…… 응?"

"신 군…… 예! 그렇게 할게요!"

시실리는 그렇게 말하며 내 팔을 꼬옥 껴안았다.

"신 군은 정말 다정해요……."

"그, 그래?"

딱히 그렇지도 않을 텐데. 팔을 껴안고 있으니…… 부, 부드러워…….

"전 정말 행복해요. 이런 다정한 사람이 내 미래의 남편이라니……."

"시실리……."

위험해! 내 이성이 견디지 못하겠어!

진정해! 진정하라고 나!

방금 우리 페이스대로 가자고 말했는데 벌써 덮치면 안 되잖아?!

평소보다 훨씬 더 찰싹 달라붙은 시실리에게 이런 속마음을 들키지 않으려고 나는 평정을 가장했다.

속으로는 번뇌와 장렬한 배틀 중이지만 말이지!

그런 평소와 다른 우리의 모습에 주위가 떠들썩해지기 시작했다.

"하아…… 오늘 두 분은 평소보다 더 사이가 좋아 보이네요……."

"이건 어쩌면……."

"드디어! 한 건가!"

이런 말들이 들렸다.

"하으! 또…… 이런 밖에서……."

그걸 들은 시실리가 자신의 행동을 돌이켜보더니 얼굴이 새빨개져서 살짝 몸을 뗐다.

우오오, 위험했다……. 조금만 더 그대로 있었으면 번뇌 배틀에서 질 뻔했어…….

번뇌에 아슬아슬하게 승리한 나도 시실리의 얼굴을 똑바로 바라볼 수가 없어서 그 후에는 거의 대화도 나누지 못하고 학교에 도착했다.

"어서 와라, 둘 다. 뭐야? 얼굴이 빨간 것 같은데?"

오그는 여전히 감이 좋았다. 일단 얼버무려야…….

"아, 아니! 그럴 리가."

"흠? 그래? 뭐, 그건 나중에 추궁하기로 하고 다들 모인 참에 할 이야기가 있다."

얼버무리기 실패! 좀 봐줄 것이지!

그보다…….

"이야기?"

교실에는 이미 다들 모여 있었다.

그중에서도 핑크색 파자마 차림인 앨리스가 유독 눈에 띄었다.

……어라?!

"앨리스! 파자마!"

"어? 아아아! 왜 아무도 말해주지 않은 건데?!"

이제야 눈치챈 모양이었다. 누가 좀 말해주지…….

"아무래도 벌써 두 번은 좀 아니지."

"너무해! 바보오!"

핑크색 파자마 차림인 앨리스는 그렇게 외치더니 일단 게이트로 집에 돌아갔다.

"오그, 네가 말해주지 그랬어."

"좀 창피를 당해봐야 앞으로 주의할 테니까."

"덕분에 이야기가 중단됐잖아."

"뭐, 필요한 이야기다만 급한 건 아니니 코너가 옷을 갈아입고 올 시간 정도쯤은 기다려줄 수 있어."

그런 대화를 나누는 사이에 게이트가 나타나더니 이번에는 제대로 교복을 차려입은 앨리스가 나왔다.

"으으…… 창피했어……."

"그렇게 창피하다면 앞으론 파자마 차림으로 오지 말도록."

"예……."

오그에게 주의를 받은 앨리스가 풀이 죽었다.

뭐, 자업자득이니 어쩔 수 없지."

"그래서? 무슨 이야기인데?"

"아. 엘스, 이스와의 삼국 회담 일정이 잡혔다."

오그의 말에 풀어졌던 분위기가 팽팽하게 긴장되었다.

"장소는 스이드 왕국. 이번에 유일하게 마인의 습격으로 피해가 생긴 나라에서 마인 토벌에 관한 회담을 열게 된 셈이지."

"그렇군. 제3국이라는 건가……."

“그래. 두 나라에선 이게 회담을 열기 위한 필수 조건이라면서 양보해주지 않더군. 하지만 스이드 왕국이라면 반격의 봉화를 올릴 장소로서 가장 잘 어울리는 건 사실이겠지.”

알스하이드에서 개최하면 회담 내용이 이쪽에 유리해질지도 몰라서일까?

“장소 자체는 일찍 정해졌다 보니 이번에 그쪽에서 준비가 끝났다는 연락이 온 거다.”

“그래서? 언젠데?”

“엘스와 이스에도 사신을 보냈으니 2주 뒤.”

“그런가. 그럼 마침 타이밍이 좋았네.”

“좋은 타이밍?”

“자.”

“읏! 뭐야? 목걸이?”

오그에게 그 목걸이를 건넸다.

“『이물 배제』 마법을 부여한 상시 발동형 마도구야.”

“““상시 발동혀엉?!”””

아, 그러고 보니 다른 애들에게는 아직 말해주지 않았던가.

“오그, 말해도 돼?”

“이 녀석들이라면 괜찮겠지. 다만, 다들 염두에 두도록. 지금부터 신이 하는 말은 대외적으로 극비다.”

오그가 평소보다 강한 말투로 주의를 주자 다들 긴장한 얼굴이 되었다.

"이틀 전에 마석을 받았잖아? 그래서 할머니한테 마석이 뭔지 처음으로 배웠어."

"……드디어 신 님께서 마석의 존재를 눈치채신 거군요."

"……그래서 벌써 상시 발동형 마도구를 만든 검까."

"멜리다 님께서 왜 비밀로 하셨는지 잘 알겠어~."

토르는 절망한 표정이었고, 마크는 귀중한 마석을 거리낌 없이 쓴 것에 기가 막혀했다.

그리고 유리는 할머니의 심정을 이해했다는 모양이다.

할머니에게 마석에 관해 배웠다는 것 정도로 이런 반응이라니…… 나 울어도 돼지?

"잠깐만! 신 군, 받은 마석을 벌써 써버린 거야?"

이틀 전에 마석을 받자마자 상시 발동형 마도구를 만들어 냈으니 앨리스가 이런 반응을 보이는 건 당연했다.

"음, 순서대로 이야기할게. 그때 마석 발굴 실상도 들어서 마석의 생성 원리에 가설을 한 번 세워 봤어."

"마석의 생성 원리에 가설?!"

"세상에! 그건 세계의 비밀이잖아요!"

토니와 토르도, 에리나 메이와 같은 반응을 보였다.

그 정도로 이 세계에서는 상식적인 이야기였다는 뜻인가.

"그렇다더라고. 그래서 그 가설을 실행에 옮겼더니……."

난 바로 마력을 모으고 고온 고압으로 압축했다.

그러자…….

"마석이 생겼어."

방금 생성된 마석을 손바닥을 펼쳐서 보여주었다.

…….

어라? 왠지 반응이…….

"""에에에에에에에엑?!"""

느닷없이 다들 동시에 비명을 질렀다.

"뭐야 이게! 대체 이게 뭐냐구우우!"

"굉장해. 과연 월포드 군."

"이건 굉장하단 말로 그칠 수준이 아니외다! 세계의 비밀이……세계의 비밀이 해명된 게 아니오!"

"진짜…… 믿을 수가 없습다."

"아, 마크는 아버지에게도 비밀로 해줘. 마석의 발굴 분포 현황에서 『발굴 조건』을 찾아낸 거라고 말씀드렸으니까."

마크는 빈 공방주의 아들이라 따로 못을 박았다.

"일반에도 그런 식으로 공표할 거다. 다들, 함부로 언급하지 말도록. 신도 이 마석은 유통시키지 않겠다고 약속했으니 말이다."

"""아, 예!"""

오그의 명령에 다들 동시에 대답했다.

모두의 진지한 표정에 만족한 오그는 고개를 끄덕이더니 내가 방금 건넨 마도구에 관한 설명을 요구했다.

"그래서? 결국 이 마도구는 어디에 쓰는 물건이지?"

"아, 거기에는 몸에 침입한 이물질이 흡수되지 않게 배제하는 효과가 있어."

"이물질?"

"독……이라든가."

"……그런 거였군. ……확실히 이제 곧 삼국 회담이 있으니 생각하고 싶지는 않지만…… 주도권을 잡지 못했을 경우 상대가 강행 수단을 벌일 가능성도 있다는 건가……."

"맞아. 나도 생각하긴 싫지만, 실제로 문제가 벌어진 후에 후회하고 싶진 않았거든."

"……알았다. 만에 하나의 경우를 대비해서 가져가마. 만약 문제 삼더라도 나는 왕족이니 암살 위협에 대비한 거라고 변명하면 상대 쪽도 납득할 수밖에 없겠지."

"정말로 그렇게 될 가능성도 있으니까 절대 몸에서 떼놓지 마."

"알았다."

"그리고 자, 너희들도 받아."

나는 아공간에서 모두가 쓸 목걸이를 꺼냈다.

"와! 진짜 받아도 돼?!"

"고마워, 월포드 군."

앨리스와 린은 새 마도구를 받아서 기뻐했다.

"또 이런 영문 모를 부여 마법을……."

"그건 그렇고 저희도요? 전하와 달리 목숨을 위협당할 일은……."

나름대로 마도구 제작에 자신 있는 유리는 복잡한 얼굴이었고, 토르는 자신들까지 이 마도구를 받는 이유를 아직 눈치채지 못한 듯했다.

"이건 독뿐만 아니라 몸에 침입한 『이물질』도 배제하는 거야. 병원균 같은 것도 마찬가지라 병에도 잘 안 걸리게 될걸."

"흐응, 병원균도…… 신!"

"왜? 토니."

"이거! 하나 더 주면…… 아니! 팔아주면 안 될까?!"

"그건 상관없는데, 왜……."

앗! 이 자식! 눈치챘구나!

"그야 뭐! 이걸 몸에 차고 있으면 이물질이 배제되는 거잖아? 그럼……."

토니는 거기서 말을 끊고 나에게만 귓속말을 건넸다.

"완벽한 피임이 가능해진다는 뜻이잖아!"

작은 목소리로 열변이라니 참 재주도 좋다.

"하아…… 벌써 눈치챈 거냐……."

"뭐야. 알고 있었어? 아! 설마 원래 목적은 그거였던 거야?!"

"완벽한 우연의 산물이거든?! 전혀 의도한 적 없어!"

다들 나와 토니를 의아한 눈초리로 바라보았다.

아무도 눈치 못 챘…… 아, 시실리의 얼굴이 새빨개진 걸 보고 오그가 눈치챘다!

젠장! 능글맞게 웃지 말라고!

"신."

"뭐, 뭐 왜?"

"훗, 잘됐네."

"시끄러, 바보!"

"아으……."

"응? 왜 시실리가 빨개진…… 이물질…… 아, 아앗!"

것 봐! 마리아도 눈치챘잖아!

"신…… 저질……."

"아니야! 우연! 우연이었다고!"

마리아의 경멸어린 시선을 받은 나는 필사적으로 부정했다.

"우연이든 의도적이든 상관없으니까 하나만 더 팔아줘!"

토니, 넌 좀 닥쳐!

"참 나, 재능을 이런 곳에 쓰다니……."

"앗! 그런 거였구나! 우와! 신 군, 진짜로?!"

"월포드 군…… 의외야."

오그는 아마 진상을 알고 있을 거다.

알면서도 날 놀리려고 드는 게 더 문제다.

앨리스와 린은 놀란 얼굴로 날 바라보고 있었다.

아, 진짜!

"아니라고오오오!"

◆

"으하하! 그 마도구 때문에 그런 오해를 받았다고?"

"사장님, 웃을 일이 아니라고요……. 다들 얼마나 날 차갑게 쳐다보든지……."

친구들에게 심한 오해를 받은 지 며칠 후, 나는 빈 공방을 방문했다.

마크네 아버지는 내가 학교에서 받은 오해를 설명하자 크게 폭소를 터트렸다.

그 후에도 결국 오해는 완전히 풀리지 않아 여성진의 차가운 시선을 받게 되었다.

오해지만, 그런 효과가 있는 건 사실이라 아무리 변명해도 소용없었다.

다만, 마도구로서는 유용하니 다들 목에 걸어주긴 했다.

"하하하! 뭐, 제작자가 의도하지 않은 효과나 사용법이 생기는 건 딱히 드문 일도 아니니 너무 신경 쓰지 마라."

"제 경우는 반대라고 생각하는 게 문제인데요……."

완전히 그것 때문에 만들다가 우연히 병원균이나 독을 배제하는 효과가 있다는 것을 눈치챘다고 여기는 모양이었다.

그런 게 아닌데…….

"너무 풀 죽지 마. 자, 통신기 다 됐으니까."

"오오! 고맙습니다! 사장님!"

오늘도 빈 공방을 찾은 이유.

그건 바로 무선 통신기 시제품이 완성되는 날이었기 때문이다.

사장님이 멋지게 만들어준 무선 통신기를 보자 조금 전까지 침울해졌던 기분이 싹 날아갔다.

역시 새 마도구를 보는 건 기분 좋아!

"그럼 먼저 여기에 부여 마법을 걸고……."

통신기는 커다란 휴대용 무전기 같은 모습이었고 금고 같은 데나 달릴 법한 다이얼이 0부터 12까지 총 13개나 달려 있었다.

나는 다이얼로 번호를 맞추고 통신 버튼을 누르면 그 번호로 통신 개시, 통신 종료 버튼을 누르면 통신이 종료되는 기능을 부여했다.

참고로 이 안에 든 건 전생의 기판과 유사한 장치다.

이것 덕분에 다양한 부품을 이용할 수 있고, 부품별로도 주문을 부여하는 게 가능했다.

사장님에게 처음 제안했을 때는 「너…… 이건 세상이 바뀔 만한 발명이잖아」라며 호들갑스럽게 감동했었지.

아무튼 마석을 세팅하고 바로 무선 통신기를 시험해보기

로 했다.

“그럼 제가 1번을 들 테니 사장님은 2번을 부탁해요.”

“알았다!”

“그럼 2번에 발신.”

하지만 버튼을 눌러도 아무런 반응이 없었다.

“응? 실패했나?”

“으음~? 앗! 착신음!”

“착신음?”

“회선이 연결된 걸 알려주는 소리요.”

“아, 그렇군. 확실히 이대로면 알기 어렵겠어.”

“착신음이라…… 그건 일단 나중에 생각하기로 하고…… 『여보세요?』”

“오! 목소리가 들리는군! 『그래, 내 목소리도 들리나?』”

“아, 들리네요. 그럼 좀 멀리 가 볼게요.”

무선 통신기에서 사장님의 목소리가 들리는 걸 확인하고 공방 밖으로 나가보았다.

“사장님, 들리세요?”

『그래, 아주 잘 들려!』

“다른 통신기는 어때요? 통화가 들리나요?”

『아니, 이 통신기에서만 들리는군. 번호 지정 기능은 제대로 작동한 것 같다.』

“다행이다. 그럼 다음 단계로 넘어갈게요.”

그렇게 말한 나는 통화 종료 버튼을 누른 후, 오픈 회선인 0번을 지정하고 통화 버튼을 눌렀다.

"여보세요. 들리세요? 통신기 전체에서 목소리가 나오나요?"

『우옷?! 통신기에서 동시에 목소리가?!』

"다행이다. 이것도 성공이네요."

『후우우…… 내가 만들긴 했지만 참 대단한 물건이구만 그래.』

"하하하…… 그럼 이젠 통신 거리를 확인해봐야겠네요."

『그건 상관없지만 번호 좀 바꿔봐. 시끄러워서 견딜 수가 없군.』

아, 아직 오픈 회선이었지. 사장님 쪽에서는 여러 통신기에서 일제히 내 목소리가 들리는 상태일 거다.

"죄송해요. 일단 끊고 2번으로 다시 걸게요."

『그래.』

나는 다시 한 번 통신 종료 버튼을 누른 후, 다이얼을 2번으로 맞추고 통화 버튼을 눌렀다.

"사장님, 들리세요?"

『그래, 들려. 그건 그렇고 역시 통신이 연결된 걸 알려주는 소리가 필요할 것 같은데.』

"흠…… 그 점은 개량이 필요하겠네요."

『뭐, 나도 한 번 고민해보마. 그리고 얼마나 멀리서 통신이 될 지 확인해봐야겠다고 했지? 지금 테스트해볼 거냐?』

"예, 부탁드릴게요."

난 일단 통신을 끊고 게이트를 통해 우리 집으로 돌아왔다.

"어라? 어서 오세요, 신 군. 공방에서 벌써 볼일이 끝난 건가요?"

"아니, 지금 실험 중이야."

"실험 중이요?"

"응. 사장니임~ 들리세요~?"

『그래, 잘 들린다. 지금 어디 있는 거냐?』

"우리 집이요."

『너희 집? 아, 마크가 요전에 배웠다던 게이트 마법인가.』

"예."

"잠깐! 뭐, 뭐, 뭐야 그거어언!"

공방에서 집까지는 도보로 15분 거리. 일단 거기까지는 문제없다는 걸 확인한 순간, 할머니의 목소리가 들렸다.

"이거? 무선 통신기인데."

"무, 무선……!"

할머니는 입을 떡 벌리고 경악했다.

하긴, 유선 통신기조차 부여 마법사의 꿈이었다고 했으니 무선은 충격적이었겠지.

"너, 너…… 또 그런 터무니없는 물건을!"

"뭐, 만든 건 좋은데 아직 유통은 무리야. 오그가 유선 통신기 보급이 먼저라고 해서."

"……유통시킬 셈이었던 게냐."

"편리하잖아?"

"지나치게 편리한 게 문제라고!"

"하지만 아직 시제품이라 개량해야 할 점도 많아."

"이 애는…… 이 애는 정말이지……."

할머니가 뭔가 체념한 얼굴로 혼잣말을 중얼거리기 시작했다.

뭐, 난 테스트나 속행하자.

"죄송해요, 사장님. 기다리시게 해서."

『으, 음. 그보다…… 괜찮은 거냐? 도사님께서 화나신 건…….』

"하하하, 할머니는 늘 이런 식인 걸요."

"그게 누구 탓이니! 누구 탓!"

그러자 할머니가 뒤에서 화난 목소리로 고함을 질렀다.

뭐, 평소랑 다를 것 없네.

『……진짜 괜찮은 거지?』

"괜찮다니까요. 그럼 이번에는 좀 더 멀리까지 가 볼게요."

『그래.』

나는 일단 통신을 끊고 시실리에게 말했다.

"그렇게 됐으니 지금부터 통신기를 테스트하고 올게. 내가 돌아온 뒤엔 시실리도 테스트 좀 부탁해."

"아, 예."

테스터를 부탁하자 바로 긴장한 얼굴이 되었다.

처음 개발된 마도구라 책임이 막중하다고 생각한 모양이었다.

뭐, 평범한 통신기니까 너무 긴장할 필요는 없는데 말이지.

아, 사장님이 기다리시겠네. 얼른 가야겠다.

"그럼, 시실리. 다녀올게."

"예. 아, 잠시만요."

내가 가려 하자 시실리가 불러 세웠다.

"응?"

"목깃이……."

가까이 와서 내 목으로 손을 내밀었다.

아무래도 목깃이 뒤집힌 모양이었다. 시실리는 능숙하게 손질해준 후 고개를 끄덕였다.

"예, 이제 됐어요. 그럼 잘 다녀오세요."

"응……. 이거 왠지 좋다. 부부 같아."

"아…… 후후. 그럼…… 다녀오세요, 여·보."

우와아…… 행복해서 가슴이 터질 것 같아.

"그럼…… 잘 다녀오라는 키스를……."

"아……."

"얼른 가기나 해! 이 바보 같은 녀석!"

할머니의 태클 때문에 키스는 물 건너갔다.

쳇.

그리고 나는 예전에 살던 집으로 이동했다.

할머니의 결계 마도구는 여전히 잘 작동 중이었다.

여기까지는 마차로 몇 시간은 걸리는 거리.

다음 테스트 거리치고는 너무 멀리 온 건 아닐까?

아무튼 통신기를 켜봤다.

"사장님, 들리세요?"

『그래, 들린다. 지금 어딘데?』

"여기도 되네……. 마차로 몇 시간은 걸리는 곳이에요."

『마차로 몇 시간?! 거기까지 닿는 거냐?!』

"그런 것 같네요. ……대체 어디까지 가능한 거지?"

『그걸 테스트하는 중이잖냐.』

"그건 그러네요. 그럼 또 가볼게요."

『그래.』

자, 그럼 이번에는 어디로 가볼까.

여기보다 먼 곳이라면…….

다음으로 내가 간 곳은 스이드 왕국이었다.

삼국 회담이 열리는 나라라 한 번쯤 게이트로 다녀올 생각이었으니 확인 겸 이곳으로 정했다.

"사장님? 들리세요?

『그래. 들려.』

"……여기도 되네."

『응? 대체 어디길래 그래?』

"스이드 왕국이요."

『스……!』

당연히 경악했다.

난 음성 송수신 기능밖에 부여하지 않았는데…… 정말로 대체 어디까지 가능한 걸까?

"이렇게 된 이상 철저하게 조사해보고 싶네요.

『그래. 그럼 다음은 어디로 갈 거지?』

"순서대로 가 보죠. 이번에는 담으로 갈게요."

『알았다. 기다리 마.』

그리고 게이트를 통해 담 왕국으로 가서 통신기를 켰다.

『……굉장하군. ……또 연결되다니.』

이어서 카난 왕국, 크루트 왕국에도 가 봤다.

『……이거…… 왠지 슬슬 무서워지기 시작했는걸…….』

처음에는 흥분했고 이어서 경악했던 사장님의 목소리가 점점 곤혹스러워졌다.

"이건 제 예상이지만……."

『뭔데?』

"마력이 있는 곳이라면 제한이 없는 걸지도……."

『……마력을 전달하는 거라는 소리냐?』

"……아마도요. 조사하지도 않았고 조사할 방법도 없지만요…….”

실제로 내가 부여한 건 번호를 지정해서 음성을 송수신하는 기능뿐이었다.

그것뿐인데도 무선 통신이 가능했다.

나에게 전파니 뭐니 하는 전문 지식은 하나도 없는데도 말이다.

유선 통신기는 마력이 대형 마물 거미의 실을 타고 음성을 전달하는 구조다.

그렇다는 건 역시 음성 송신은 마력을 전달하는 게 아닐까?

전파처럼 발신하는 게 아니라.

……어디까지나 가설이라 확증은 없지만, 이 별의 반대쪽까지 가보면 확실해질지도 모르겠다.

전생에서 행성은 원형에 가까우므로 인공위성이 중계하지 않으면 전파는 별 반대쪽까지 도달하지 못한다고 들은 적이 있었다.

그러니 인공위성이 중계하지 않았는데도 이 무선 통신기로 통신이 가능하다면 그건 곧 마력을 전달했다는 뜻이리라.

아무튼 이 검증은 나중에 시간 날 때 해봐야겠다. 매우 신경 쓰이기는 하지만…….

“그럼 사장님. 일단 돌아갈게요.”

『그래.』

나는 게이트를 통해 빈 공방으로 갔다.

"헉! 벌써 크루트에서 온 거냐?!"

"그런 마법이니까요."

"진짜 머리가 따라가질 못하겠구만……."

"하하, 그럼 통신기는 받아갈게요. 돈은 계좌로 송금해드릴게요."

"시제품이니까 딱히 안 받아도 상관없다만……."

"이런 건 확실히 해두는 편이 좋아요. 그럼 애들이랑 여러모로 테스트해볼 테니 개량할 점이 생기면 또 부탁드릴게요."

"그래. 착신음 문제도 나도 한 번 고민해보마."

"예. 그럼 이만."

그렇게 나는 다시 집으로 돌아왔다.

"어서 오세요, 신 군."

""""어서 오십시오.""""

집에 도착하자 시실리가 날 맞이했다. 뒤에는 메이드들이 나란히 서 있었다.

이렇게 보면 그녀가 메이드들을 통솔하고 있는 것처럼 보였다.

실제로도 그렇겠지만.

"다녀왔어. 그럼 바로 시작하자. 이게 네 통신기야."

"아, 조금 전의 그……."

"앞으로 다 같이 써보면서 개선점을 찾아내고 싶으니까

도와줘."

"예. ……긴장되네요."

"하하, 너무 긴장하지 않아도 돼. 까놓고 말하면 그냥 통신이 가능한 도구일 뿐이니까."

인터넷이나 메일 기능이 달린 것도 아니니 말이다.

"그게 굉장한 건데요……."

"이 아이의 가치관은 대체 어떻게 돼먹은 걸까……. 혹시 조만간 신이 굉장하다고 말할 만한 물건이 세상에 나오는 건……."

"신 군의 시점에서 굉장한 물건이라면…… 하늘을 나는 배라든가요?"

"……이미 부유 마법으로 하늘을 마음대로 날아다니고 있으니…… 조만간 만들어낼지도 모르지."

"아, 아하하……."

할머니가 뭔가를 체념한 목소리로 투덜거리자 시실리가 쓴웃음을 흘렸다.

굉장한 물건이라……. 비행기는 만들자고 하면 못 만들 것도 없었다.

아무튼 반중력에 의한 부유 마법을 성공했으니까 말이지.

사실 비행기를 날리려면 날개에 각도 등을 설정해서 양력을 발생시켜야 하지만…… 난 자세한 건 모른다.

하지만 반중력 마법을 부여하면 수직 이착륙기는 만들 수 있으리라.

이거라면 전생의 비행기보다 안전할지도 모르지.

……한 번 만들어볼까?

"신!"

"왜? 할머니."

"너…… 너 지금 또 터무니없는 물건을 구상했지!"

어떻게 들킨 거지?!

"어? 혹시 말했어?"

"얼굴에 다 드러났다고! 그보다! 역시 또 뭔가 만들려고 했구나!"

"유도신문이었구나……!"

"저기…… 신 군은 알기 쉽거든요……."

할머니의 교묘(?)한 유도신문에 경악하자 시실리가 옆에서 끼어들었다.

그러고 보니 그 말은 전에도 들었다. 그 정도로 얼굴에 쉽게 드러나나?

내가 얼굴을 쓰다듬자 할머니가 비결을 밝혔다.

"넌 뭔가 생각이 떠오를 때마다 얼굴을 히죽거린다고!"

"거짓말?!"

"사실이에요……."

진짜냐…… 그래도 다들 바로 간파했던 거군.

"좋아. 다음부터는 조심해야지."

“그걸 조심할 게 아니라 엉뚱한 생각을 떠올리는 걸 좀 자중해!”

“에엑~?”

다른 사람들의 반응을 보기 전까진 엉뚱한지 어떤지 모르잖아?

“무리.”

“무리는 무슨! 정말이지, 너도 그렇고 멀린도 그렇고 왜 생각나는 걸 곧이곧대로 실행에 옮기려고 드는 건데!”

“피는 이어지지 않았다고 들었지만…… 아무리 봐도 친할아버지와 손자처럼 보이네요.”

“하하…….”

“허허, 쑥스럽구만.”

“칭찬한 거 아니거든?!

진짜 친조부 관계처럼 보인다는 말을 듣고 기뻐하자 할머니에게 혼났다.

“그렇게 화내다가 혈관이라도 끊어지면 어쩌려고 그래?”

아, 할머니 몸이 부들부들 떨리기 시작했다.

“그게 누구 탓인데! 누구 탓!”

오늘 들은 것 중 가장 큰 호통이었다.

무서워라…….

그보다 비행기 제작은 당분간 미룰 수밖에 없겠다.

먼저 자동차…… 아니, 자전거부터일까?

아, 하지만 자력으로 움직이는 이동수단을 만들었다간 당장 승합 마차 업계나 말 생산자에게 피해가 갈지도…….

으음…….

아! 그보다 먼저 마차에 서스펜션을 달아야지!

먼저 댐퍼를 만들어야 이륜구동이나 사륜구동도 만들 수 있을 테니 말이다.

스프링만으로 충분할까? 역시 오일 댐퍼도 필요하지 않을까? 그게 어떤 구조였지?

분명 옛날에 RC카로 만든 적이 있었는데…….

"또 뭘 꾸미는 거니!"

"또 들켰어?!"

"적당히 좀 해!"

어떤 의미로는 일상이나 다름없는 소동이 끝난 후, 시실리를 집에 보내주고 막상 잠들려 할 때 문득 생각난 게 있었다.

"시실리? 들려?"

『꺅! 어? 신 군?』

"응, 나야. 통신기를 봐."

『아, 이거였군요. 깜짝 놀랐어요.』

"역시 착신음이 필요하겠는걸."

『착신음이요?』

"통신이 연결됐다는 걸 알려주는 소리."

『아, 그러네요. 있으면 편리하겠어요.』

"뭐, 그건 이미 확인된 문제점이니 됐고. 혹시 지금 방이야?"

『예, 슬슬 자려던 참이었어요.』

"그랬구나. 나도."

자기 직전이었나. 타이밍이 좋았네.

『그런데 갑자기 왜 연락을?』

"아니…… 자기 전에 목소리가 듣고 싶어서……."

『그, 그런가요……. 기뻐요. 신 군의 목소리로 하루를 마무리할 수 있어서…….』

"그, 그래?"

『예…….』

우와…… 내가 건 건데 엄청 부끄러워!

하지만 그 말은 굉장히 기뻤다.

"그, 그럼 마지막으로 한 마디만 할게."

『무슨 말이요?』

"잘 자, 시실리."

『아, 예! 신 군도 안녕히 주무세요.』

그렇게 말한 후 나는 통신을 끊었다.

이거 참 좋다. 이러다 습관이 될 것 같다.

나는 자기 전에 시실리와 대화를 나눴다는 행복감에 감싸여서 잠이 들었다.

◆

"안녕, 우리 왔어"

"여러분, 안녕하세요."

오늘도 시실리와 둘이서 등교했지만, 게이트로 등교한 다른 멤버들은 벌써 다 와 있었다.

"음, 좋은 아침."

"안녕~!"

"오늘은 교복이네, 앨리스."

"이제 그런 창피는 안 당할 거야!"

앨리스는 얼마 전에 큰 창피를 당한 후로는 파자마 차림으로 학교에 오지 않게 됐다.

뭐, 조만간 또 저지를 것 같지만 말이지.

"그보다 오늘은 너희들에게 줄 게 있어."

"또 이상한 마도구우~?"

유리의 평가가 혹독했다. 일반적인 부여 마법사가 보기에 내 마도구는 그렇게까지 이상한 물건일까?

아, 그래서 할머니도 과잉 반응을 보였던 건가?

"전에 말했던 그거."

나는 이공간에서 꺼낸 무선 통신기를 전원에게 건넸다.

"역시……."

"마석의 존재를 알자마자 정말 눈 깜짝할 사이였네요……."

"오오~! 그래서? 이건 어떻게 쓰는 거야?"

기막혀하는 오그와 토르, 흥미진진한 앨리스로 반응이 갈라졌다.

나는 사용법을 설명할 후 번호를 전달했다.

"번호는 알기 쉽게 입시 번호순으로 했어."

"그렇군. 나는 2번인가."

"난 3번이네."

"그런데 이건 아직 시제품이니까 다들 써보면서 개량해야 할 점을 알려줬으면 해."

"이걸로 충분한 것 같다만……."

"그게 꼭 그렇지만도 않거든."

나는 지금까지 발견된 문제점을 설명했다.

"그렇군. 알았다. 생각해보지."

그렇게 테스터를 부탁하자 다들 빨리 써보고 싶은지 수업 내내 안절부절 못했다.

◆

『린…….』

한밤중에 갑자기 들린 목소리에 린은 움찔 놀랐다.

여긴 자신의 방. 그녀 외에는 아무도 없을 터.

하지만 조금 전부터 자신을 부르는 목소리가 들린 것 같은 기분이 들었다.

기분 탓? 환청?

그렇게 생각한 순간.

『린…….』

또 자신을 부르는 목소리가 들렸다.

이번에는 확실히 들렸다.

평소에는 무표정한 린의 얼굴에 긴장한 기색이 스쳐 지나갔다.

어디? 어디서 들리는 거지?

마력을 집중하면서 주위를 살폈다.

만약 수상한 존재라면 즉시 마법을 쓸 수 있도록.

결과적으로 방이 어떻게 되든 상관없다고 비장하게 결의까지 한 순간!

『린! 자는 거야?! 밤에 통화할 거라고 말했잖아!』

앨리스의 큰 목소리가 들렸다.

그러고 보니 낮에 신이 무선 통신기를 돌리면서 테스트를 부탁했었다.

그래서 앨리스와 밤에 통화하기로 약속했었다.

"깜빡했어."

『잠깐! 다 들렸어, 린! 깜빡했다니 너무해!』

"응, 이건 개선할 점."

린은 약속한 것을 잊고 혼자서 호러 소설 놀이를 한 것을 얼버무리기 위해 무선 통신기의 개선점을 지적했다.

그리고 마침 같은 시각.

『올리비아.』

"꺅! 아, 응. 마크구나. 깜짝 놀랐네."

마크와 올리비아도 무선 통신기를 테스트하려고 통화 중이었다.

"갑자기 사람 목소리가 들리면 놀랄 수밖에 없겠어."

『월포드 군도 말했었으니 개선할 점이라는 건 알고 있을 거야. 어쩌면 벌써 개량안이 나왔을지도 모르고.』

"하긴 월포드 군이니까."

올리비아는 쿡 하고 웃음을 흘렸다.

무슨 일만 생기면 『신이니까』라는 이유로 납득해버리는 사람들 중에 어느새 그녀도 포함되어 있었다.

하지만 마크는 그런 신을 옹호했다.

『월포드 군은 정말 굉장한 사람이거든? 용케도 이런 참신한 아이디어들이 계속 튀어나온다니까? 그 사람의 굉장한 점은 규격 외의 강함이 아니라 유연한 사고와 풍부한 아이디어에 있어. 그것 말고도…….』

"알았어! 마크가 월포드 군을 존경하는 건 잘 알았으니까!"

올리비아는 이대로 내버려두면 한이 없을 것 같은 찬사를 억지로 멈췄다.

그리고 그가 존경하는 신에게 약간 질투가 났다.

“마크는 요즘 월포드 군 이야기만 해.”

『어쩔 수 없잖아. 그 사람은 이야깃거리의 보고인걸.』

“그건 그렇지만…….”

마크와 올리비아는 신이 들었으면 납득하지 말라고 태클을 걸었을 법한 대화를 나누었다.

하지만 둘은 전혀 개의치 않고 통화를 계속했다.

“이렇게 한밤중에 어디서든 대화를 나눌 있다는 건 편리하지만 뭔가 좀 부족하네.”

『뭔가라니?』

“얼굴이 안 보이니까 이쪽 생각을 말로만 전해야 한다는 거.”

『아, 하긴 시선이나 행동으로 전할 수는 없겠지.』

“그리고…….”

『그리고?』

“……만질 수도 없고.”

『……!』

올리비아의 그 한 마디에 마크는 침묵할 수밖에 없었다.

“어라? 마크? 마~크?”

『올리비아.』

“응?”

『가족들은 아직 가게야?』

"응. 지금은 술집 영업시간이니까 아직 가게에 계셔."

올리비아의 부모님이 운영하는 가게는 낮에는 음식점, 밤에는 술집이 되는 식이었다.

그래서 부모님은 아직 가게에 있었다.

그 점을 미리 확인한 마크는…….

『지금 그쪽으로 가도 돼?』

"지, 지금?! 하지만 이런 밤중에…… 아."

『월포드 군이 좋은 걸 알려줬잖아?』

"아…… 응."

『그리고 좋은 것도 받았고.』

"바보! 그런 건 말로 하지 마!"

『아하하, 그럼 그쪽으로 갈게. 침대 앞에 공간 좀 비워둬.』

"응."

그렇게 마크의 방에서 조명과 인기척이 사라졌다.

"……진짜 편리하네. 이 마법도, 통신기도."

다음 순간, 올리비아의 방에 마크의 모습이 나타났다.

그리고…… 방의 조명이 꺼졌다.

주위에서는 술집에서 들리는 떠들썩한 목소리만 울려 퍼졌다.

◆

모두에게 무선 통신기를 주고 테스트를 맡긴 다음 날, 교실에 도착하자 왠지 졸려 보이는 사람들이 드문드문 보였다.

"아으으…… 졸려어……."

"앨리스는 말이 너무 많아. 난 중간에 잤어."

"린이 너무한 거 있지! 내가 말하는 중인데 그냥 자버리는 걸! 덕분에 한동안 혼잣말만 한 셈이잖아!"

"자기 전에 두 시간은 너무 길어."

"그치만……."

긴 통화라……. 이것도 문제점이라면 문제점이겠군.

""흐아암~.""

모두에게 너무 오래 전화…… 아니, 통화하진 말라고 주의를 줘야할지 고민하자 마침 동시에 하품하는 두 사람의 모습이 눈에 들어왔다.

"마크랑 올리비아도 졸려 보이네. 너희도 오래 전…… 아니, 통화한 거야?"

소꿉친구 커플인 마크와 올리비아였다.

"예?! 아! 그, 그렇습다!"

"마마마, 맞아요!"

하지만 두 사람은 노골적으로 동요했다.

왜 그렇게까지 심하게 동요를…… 아, 설마…….

"마크…… 너……."

"왜, 왜요?!"

무선으로 통신할 수 있는 도구.

어디든 갈 수 있는 게이트 마법.

동시에 수면 부족인 두 사람.

여기까지 상황 증거가 갖춰졌으면 결과는 뻔했다.

"좋아, 다들 왔군. 조회를 시작하마."

내가 마크를 추궁하려 한 순간, 알프레드 선생님이 교실로 들어왔다.

칫, 모처럼 재미있는 놀림거리가 생긴 줄 알았는데.

뭐…… 그렇다고 정직하게 털어놓으면 오히려 곤란해지는 건 나지만.

그보다 써본 감상을 못 들었네.

쉬는 시간은 짧고 점심시간은 식당으로 일직선이니 방과 후에나 들을 수 있으려나.

아무튼 주로 역사와 지리와 수학 등의 필기 수업만으로 하루 일정이 끝났다. ……여기가 무슨 학교더라?

그리고 방과 후.

"역시 통신이 연결된 걸 알리는 소리가 필요해. 밤중에 갑자기 앨리스의 목소리가 방에서 들려서 무서웠어."

"잠깐! 무섭다는 말은 너무한 거 아냐?!"

"체험해보면 알아. 진짜 무서웠어."

"알았어. 그럼 오늘은 린이 걸어봐."

린 외에도 역시 착신음이 필요하다는 의견이 많았다.

사전에 언급한 내용이라 아무래도 의식하게 한 걸지도 모르겠다.

"그리고 번호가 이것만으론 아무래도 너무 적지 않나?"

오그에게는 채널 수가 적다는 지적을 받았다.

"당장은 우리끼리만 쓸 거니까."

"하지만 네 말대로라면 각국의 통신이 모이는 곳…… 임시로 통신실이라 부르지. 거기서 긴급 연락을 할 때는 어떻게 할 거지? 즉, 무선 통신기가 하나 더 필요할 텐데?"

"아, 그렇군……. 이쪽에 연락할 수 있는 통신기가 필요할 테니……."

무선 통신기의 전파에 부정적인 오그가 채널 수가 적다는 의견을 내는 건 모순된 것 같지만, 확실히 원래 용도로 쓰기에는 부족한 편이긴 했다.

통신기 간의 송수신에만 집중하느라 실제로 쓸 때의 상황을 시뮬레이션하지 않은 탓이리라.

"다이얼식 번호 지정에는 한계가 있나……."

"개량이…… 필요하겠지."

"알았어. 땡큐. 문제점이 보이기 시작하네."

언젠가 유통할 때도 지정 가능한 번호가 적으면 의미가

없을 테니까 말이지.

"아무튼 통신실에는 번호를 부여하지 않은 송신 전용 통신기를 줘보자. 일방통행이지만, 긴급 연락은 받을 수 있을 테니까."

"그래. 당장은 그걸로 버티는 수밖에 없겠지."

"다른 건 또 없어?"

"저기…… 누가 연락한 건지 알기가 어려웠어요……."

올리비아가 조심스럽게 발언했다.

넘버 디스플레이라……. 사실은 그것도 채용하고 싶었지만…….

"음~ 언젠가는 확인할 수 있게 하고 싶지만…… 아무래도 그 기능을 달려면 개발해야 할 게 너무 많아서."

"아, 그랬군요. 그럼 참을게요."

말하고자 하는 바는 이해하겠지만, 그러려면 최소 디스플레이 정도는 개발해야 할 테니 당장은 현실적이지 못했다.

"남은 문제는…… 통화가 길어지는 거려나? 덕분에 수면 부족이야."

"그건 알아서 자제하라고밖에 할 말이 없는데."

이번에 나온 개선할 점은 착신음을 달 것.

번호 지정 수를 더 많이 늘릴 것.

장래에는 디스플레이를 달 것 정도일까?

일단 디스플레이는 제쳐두고 착신음과 지정 번호수를 늘

리는 건 사장님과 상담해봐야겠다.

"오케이, 다들 고마워. 개량판의 완성에는 시간이 걸릴 테니 그건 일단 그냥 그대로 가지고 있어도 돼."

"알았소이다."

"그건 그렇고…… 왠지 여기만 시간이 앞서가는 듯한 착각이 드는군요."

"착각이 아니라 실제로 앞서가고 있어~. 월포드 군이 만드는 마도구는 모든 부여 마술사들이 꿈에 그리던 것들뿐인걸~."

토르에게는 무선 통신기가 미래의 도구로 보인 모양이다.

유리의 눈에는 꿈의 마도구가 실제로 구현된 느낌인 것 같고.

왕도에 오고 나서 알게 된 거지만, 이 세계에선 새로운 발명이라는 말을 거의 들어본 적이 없었다.

마법이 있으면 생활에 그다지 불편함을 느끼지 못할 때가 많아서일까.

할머니가 크루트 왕국에서 농사용 마도구를 보급했을 때도 그렇지만 역시 『필요는 발명의 어머니』인가 보다.

"그건 그렇고 이것 말고는 또 없는 거겠지?"

왠지 의심이 많은 오그가 당부하듯 물었다.

없다고는 단언할 수 없으니 역시 오그는 감이 날카로웠다.

"응? 으음……."

"아직도 더 있는 거냐……."

"아, 아니. 아직은 마도구가 아니야."

"아직이라면…… 언젠가는 마도구가 될 거라는 뜻이로군?"

"뭐, 그렇지. 다만, 세상에 끼칠 영향을 생각하면 당장 만들 수 없는 것뿐이지만."

내가 그렇게 말한 순간, 모두가 술렁였다.

"거짓마알~?! 월포드군이 자중했어~?!"

"천재지변의 전조이외까?"

"아아아아아! 도망쳐야! 안전한 곳으로 빨리!"

유리가 경악했고, 율리우스는 실례되는 발언을 했고, 올리비아는 공황 상태에 빠졌다.

다들 반응이 너무한 거 아니야?

아무리 나라도 바이크나 자동차를 만드는 게 세상에 어떤 영향을 미칠지 정도는 안다고!

"훗, 이제야 내 충고가 머릿속에 박힌 모양이군. 그래서? 뭘 만들 생각이었지?"

"아, 자력으로 움직이는 이동수단을 만들어볼까 했는데……."

어라? 다들 표정이…….

"역시나……."

"만드는 건 자중해도……."

"구상은 전혀 자중하질 않고 있잖아~!"

기가 막힌 얼굴이었다.

"너……넌 정말이지……!"

"오, 오그?"

"아무것도 변한 게 없잖아!"

오그가 또 진심으로 폭발했다.

만드는 걸 자중하겠다고 한 적은 없거든!

제4장 세계연합 발족

호화로운 마차 여러 대가 알스하이드 왕국에서 스이드 왕국으로 연결된 가도를 이동하고 있었다.

마차 주위에는 삼엄한 수의 호위.

그런 호위들에게 둘러싸인 마차 중에 한층 더 호화스러운 마차가 있었다.

알스하이드 왕국의 왕태자인 아우구스트 폰 알스하이드가 탄 마차였다.

그는 현재 이번에 개최하는 알스하이드 왕국, 엘스 자유상업 연합국, 이스 신성국의 삼국 회담에 참석하기 위해 수많은 호위를 거느린 채 이동 중이었다.

세 나라의 대표자로는 알스하이드에서 왕태자인 아우구스트가, 엘스에서는 외교를 담당하는 관리가, 이스에서는 대사교가 참가할 예정이었다.

삼국 회담의 목적은 마인의 침공이 계속되면 세계의 위협이 될 수 있으니 일치단결해서 위기에 맞서기 위한 조정 작업이었다.

그 밖에도 얼티밋 매지션즈는 알스하이드 왕국 고유의 군사 전력이 아니라 세계의 위기를 구하기 위한 집단이라는 뜻을 표명하기 위해서이기도 했다.

마차가 여러 대인 건 그런 이유에서였다.

그리고 지금 그 마차 안에서는…….

◆

우리는 현재 삼국 회담에 참석하기 위해 스이드 왕국행 마차로 이동하는 중이었다.

팀 전원이 게이트 마법을 쓸 수 있으니 그걸로 가면 빠르고 위험도 없을 테지만, 이건 어디까지나 공식적인 외교 회담이다.

이런 대규모 이동도 국력을 과시하기 위해서는 필요했다.

그래서 우리는 여러 마차에 나눠서 탑승했다.

내가 타고 있는 건 오그도 같이 탄 가장 호화로운 마차였다.

그 밖에 시실리와 마리아도 함께 탔다.

"요즘 마인의 습격이 없었잖아? 덕분에 마인은 얼티밋 매지션즈가 두려워서 습격을 포기했다는 소문까지 들리는데…… 다른 나라도 비슷한 생각이라면 어쩌지?"

이번 삼국 회담에서 가장 걱정되는 것은 알스하이드 왕국과 얼티밋 매지션즈의 힘만으로도 충분히 마인을 토벌할 수 있으니 두 나라에서 자신들까지 위험을 무릅쓸 필요는 없다는 판단을 내릴지도 모른다는 점이다.

디스 아저씨는 시민들 사이에 불안감이 확산되지 않도록 마인을 필요 이상으로 두려워하지 않는 풍조는 환영해야한다고 말했지만…… 나는 걱정돼서 견딜 수가 없었다.

"그러니까…… 다른 나라와의 교섭은 내 영역이라고 했잖아. 네가 걱정할 필요는 없어."

오그에게 그런 불안을 털어놓아도 쌀쌀맞은 대답만 돌아올 뿐이었다.

"하지만……."

이렇게나 마인 경시 풍조가 널리 퍼져 버려서는 정말 엘스와 이스의 협력을 얻지 못하는 건 아닐까 하는 걱정이 들기 시작했다.

그런데도 두 나라가 이 회담에 참가하는 이유라면…….

헉! 설마?!

"두 나라에서 전후 피폐해진 순간의 알스하이드를 노릴 셈인 건……."

"지나친 생각이야. 애초에 엘스는 상업 국가잖아? 상인은 신용이 우선인데 그런 전 세계에서 비판받을 짓을 할 리가 없지. 이스도 마찬가지야. 선행을 쌓아서 창조신의 곁으로 가자는 사상의 종교 종주국이 그런 짓을 할 것 같아?"

"하긴 그러네."

"뭐…… 어디까지나 겉으로는 그렇겠지만."

"……뒤에서는 무슨 짓을 할지 모른다는 건가?"

"국가 운영은 올바른 일만 해선 성립되지 않는다는 거지."

"……회담 중에는 주의가 필요하겠군."

나는 그렇게 말하며 오그의 목에 걸려있는 목걸이를 손가락으로 튕겼다.

교섭이 뜻대로 되지 않는다고 직접적인 공격을 가할 리는 없겠지만, 어떤 수단을 쓸지 모르니 조심해서 나쁠 건 없겠지.

부디 엘스와 이스의 담당자가 좋은 사람이길 빌자.

저번에는 하늘을 날아서 몇 시간 만에 도착한 스이드 왕국이었지만, 이번에는 정식 방문이라 마차로 이동했다.

게이트 마법이라면 단숨에 갈 수 있겠지만…… 마차로 국경까지 이틀, 거기서 또 왕도까지 이틀이나 걸려서 겨우 도착했다.

진짜 멀구나……. 진심으로 공중 이동수단을 한 번 고려해 볼까?

다양한 곳에 사전 교섭이나 공작을 벌여서 사업에 끼어들 수 있다면 사회에 미치는 영향도 그리 크진 않을 것 같은데…….

"야, 신. 너 또 뭔가 꾸미고 있지?"

또 들켰다.

그렇다는 건…….

"내가…… 히죽거렸어?"

"예……."

"그랬지."

시실리는 쓴웃음을 짓고 대답했고 마리아는 어이가 없는 얼굴이었다.

그리고 오그는 깊은 한숨을 내쉬며 미간을 손가락으로 눌렀다.

"넌 진짜…… 언제쯤 돼야 자중이라는 걸 배울 건데?"

"실례야. 자중해서 바로 행동에 옮기지 않도록 하고 있잖아."

"그 사고를 자중하라는 거라고."

늘 자중하란 말을 듣지만, 편리해지는 건 좋은 일이라고 생각하는 데 말이지…….

그런 대화를 나누는 사이에 스이드 왕국 왕도의 성벽이 보이기 시작했다.

"오오~! 오랜만이네! 많이 복구됐어!"

"그러네요. 마인 토벌을 궐기할 장소로서는 이보다 좋은 나라가 없겠지요."

아직 약간 멀리 떨어진 성벽을 보고 앨리스와 토르가 마차에서 고개를 내밀었다.

나는 얼마 전에 통신기 테스트 때문에 온 적이 있어서 딱히 감회는 없었다.

마인들에게 직접적인 공격을 받아 현재 부흥 작업 중인 스이드 왕국.

확실히 인류가 마인에 대항하겠다는 의사를 표명하기에는

이 나라보다 잘 어울리는 곳이 없으리라.

"어서 오십시오, 알스하이드 왕국의 여러분! 오랜만입니다!"

왕도에 도착하자 어마어마한 인파가 우리를 맞이했다.

"꺄아~! 아우구스트 님~!"

"마왕님~! 멋져~!"

"우오오오! 시실리 님~!"

"성녀님~! 나를 치유해줘~!"

우리는 얼마 전에 이 나라를 방문해서 직접 마인들을 토벌했다.

그 일을 감사하는 스이드 왕국민의 환호성이 굉장했다.

그보다 벌써 여기까지 마왕이라는 호칭이 퍼진 건가…….

"흠. 환영받고 있는 모양이군."

"당연합니다. 마인들의 습격을 받은 게 바로 얼마 전이었으니까요. 마인을 토벌한 후, 공적을 언급할 틈도 없이 귀국하시는 바람에 제대로 감사 인사도 못 드렸다고 안타까워하는 국민들이 많았습니다. 그래서 이번에 여러분이 모이셨다는 소식을 듣고 이렇게 많이 모여든 거겠지요."

오그는 전투를 개시할 때와 종결할 때 왕도 전역에 선언했었고, 시실리는 부상자의 치료를 위해 국민과 직접 접촉했으니 인기가 있는 건 당연했다.

"이번 숙박시설로는 영빈관을 준비했습니다. 아무쪼록 회담 전까지 편히 쉬어주시길 바랍니다."

안내역을 맡은 스이드 왕국의 기사는 이 나라에서 가장 호화로운 숙박시설을 마련했다고 말했다.

평소에는 숙박시설로 쓰지 않고 국빈을 대접하기 위한 시설을 우리에게 제공해주겠다는 뜻이다.

"신경 쓰게 해서 미안하군."

"아닙니다! 저희의 감사의 마음이라 생각하고 써주십시오."

그렇게 우리는 큰 환영을 받으며 삼국 회담의 개최지에 도착했다.

다른 두 나라도 오늘 저녁쯤에 도착할 예정이라는 모양이다.

회담을 내일부터 바로 시작이다.

이 이야기가 잘 마무리되면 마침내 옛 제국령으로 공세를 가할 수 있으리라.

아무쪼록 별 탈 없이 끝나기를.

◆

스이드 왕국의 유명 고급 레스토랑 2층에는 식사하면서 회의를 할 수 있는 방이 있었다.

이번에 스이드 왕국에서 준비한 회담 장소가 바로 그 방이었다.

이따금 식사도 하면서 원만하게 회담이 진행되기를 바라는 스이드 왕국의 배려였다.

아우구스트는 다른 두 나라의 대표보다 먼저 그 회담장 근처의 방에 와 있었다.

동석한 건 호위인 토르와 율리우스뿐이었다.

약간 긴장한 눈치의 두 호위와 달리 아우구스트는 긴장은 커녕 매우 편안해 보였다.

그러자 그 사실을 의아하게 여긴 토르가 질문했다.

"전하, 꽤 차분해 보이십니다만…… 신 님께서 말씀하신 건 신경 쓰이지 않으십니까?"

"그 녀석이 걱정하는 건 이해해."

"그럼 어째서?"

그렇게 묻는 토르에게 아우구스트는 씨익 웃으며 대답했다.

"처음부터 내가 주도권을 잡고 있어서다."

토르와 율리우스는 여전히 뭔가를 꾸미고 있는 듯한 표정의 아우구스트를 보고 나름 승산이 있으리라 예상했다.

그리고 아우구스트가 이런 표정을 할 때는 주로 나쁜 꿍꿍이가 있을 때였고 그럴 때마다 두 사람은 험한 꼴을 당하곤 했다.

"하아……."

토르는 얼마 전까지만 해도 속으로만 뱉었던 한숨을 최근에는 대놓고 내뱉기 시작했다.

"뭐야? 또 왜 그래?"

"아니요……. 늘 폐하께 휘둘리는 신 님도 고충이 심하겠다 싫어서요……."

"바보 같은 소리 하지 마. 오히려 늘 신에게 휘둘리는 건 내 쪽이라고."

소꿉친구라 해도 왕족과 귀족.

신분차는 압도적이다.

하지만 요즘은 그 신분의 벽이 많이 사라졌다.

아우구스트는 그 사실에 분노를 느끼기는커녕 즐거워하는 느낌조차 들었다.

부하인 자신이 빈정거려도 왠지 즐거워 보이는 왕태자.

토르는 지금까지 이렇게 마음을 열 일이 없었던 아우구스트를 진심으로 동정했다.

그리고 아우구스트의 이런 면모를 끄집어내준 신에게 진심으로 감사했다.

그렇게 평소처럼 가벼운 농담을 주고받는 사이에 방 문을 노크하는 소리가 들렸다.

"무슨 일이지?"

"아우구스트 전하, 엘스와 이스의 대표 분들이 도착하셨습니다.

방 밖에서 호위를 맡은 자의 보고였다.

"자, 그럼 가볼까.

아우구스트는 긴장감이라고는 눈곱만큼도 없는 가벼운 느낌으로 회담장을 향했다.

방에 들어가자 엘스와 이스의 대표자가 의자에 앉지 않고 기다리는 중이었다.

“처음 뵙겠습니다, 아우구스트 전하. 엘스 자유 상업 연합국에서 외교를 맡고 있는 우사마 나바르라고 합니다. 아무쪼록 잘 부탁드리죠.”

독특한 억양이 느껴지는 엘스 대표인 남자가 음험하게 웃었다.

이 회담에서 자국에 유리한 조건을 끌어내겠다는 의도가 뻔히 보이는 듯했다.

‘욕심을 제대로 숨기지도 못하는 건가.’

“아우구스트 폰 알스하이드다. 나야말로 잘 부탁하지.”

속으로는 이 역사적인 회담에 이런 남자를 대표로 보낸 엘스에 실망을 금할 수 없었지만, 그래도 자신은 왕족. 그런 내색은 일절 드러내지 않고 대응했다.

“처음 뵙겠습니다, 아우구스트 전하. 나는 아멘 풀러. 창신교 총본산에서 대사교의 지위에 있는 자요.”

그 후로 이어진 자기소개에서도 아우구스트는 내심 탄식했다.

창신교의 성직자는 청빈함을 미덕으로 삼으며 자신을 엄격하게 다스리는 것으로 유명했지만, 눈앞에 있는 것은 비대하게 살이 찌고 기름이 번지르르한 중년 사내였기 때문이다.

‘대사교의 지위를 이용해서 개인적인 이득을 채우는 가짜

성직자인가…… 더구나……'

"아우구스트 폰 알스하이드다. 잘 부탁한다."

"음, 잘 부탁하오."

왕족인 아우구스트에게 대항하려는 건지 최대한 거만한 태도를 보이려 했다.

둘 다 이 회담을 출세를 위해 이용하려는 의도가 뻔히 보였다.

'세계의 위기를 막기 위한 회담이건만……'

옛 제국령에서 멀리 떨어져 있는 탓에 마인의 위협에 직접 노출되지 않은 두 나라의 위기감 없는 모습에 아우구스트는 속으로 탄식했다.

"바로 회담을 시작하고 싶군. ……그건 그렇고 두 분, 먼저 식사를 하면서 이야기를 나눠보지 않겠나?"

"예? 아, 예. 그게 좋겠군요."

"흠, 하긴 이른 아침부터 회담이라 조식은 간소하게만 들긴 했지요."

"그럼 미안하지만, 조식을 가져와다오."

바로 회담을 시작해서 자신의 주장을 밀어붙이려 했던 엘스 대표 나바르는 한 방 먹은 듯한 표정을 지었고, 반대로 풀러는 여유 있게 대응했다.

사실 그저 식사에 관심이 동한 것뿐일지도 모르겠지만 말이다.

아우구스트는 급사가 가져온 아침식사를 들며 두 사람에 말을 걸었다.

"마인이 출현한 후 각 가도에 마물이 다수 출현한 모양이다만, 엘스에는 타격이 있지 않나? 유통에 영향이 있을 텐데."

"그야 뭐, 어찌 됐든 호위 수를 늘려야 하니 운반비용이 늘어난 건 뼈아픈 문제입죠."

"이스에서는 어떻지? 신자들이 신도들이 불안감을 느껴서 교회에 구원을 청하러 오진 않나?"

"흠, 확실히 신자들은 불안해하긴 하더군요."

평범하게 대답한 나바르와 반대로 풀러는 어째선지 히죽거리며 대답했다.

이때 아우구스트는 어떤 종류의 예감을 받았다.

그렇게 세상 돌아가는 이야기를 나누며 식사를 진행하다 마침내 회담이 시작되었다.

"자, 그럼 우리 알스하이드에서 엘스 자유 상업 연합국과 이스 신성국에 이번 회담을 제안한 이유를 단도직입적으로 말하지."

그 말에 두 대표가 긴장했다.

"옛 제국령을 점령하고 마침내 주변 국가에도 진출하기 시작한 마인들로부터 각국의 방어, 그리고 이쪽에서 옛 제국령으로 침공하기 위한 동맹을 맺고 싶다."

그리고 잠시 고민하는 척을 하던 나바르가 히죽거리며 바로 대답했다.

"그건…… 공짜로는 어렵겠군요."

"뭐라고?"

아우구스트의 반응에 나바르는 더 짙게 웃으며 입을 열었다.

"엘스는 상업국가입니다만? 그런 손해밖에 생기지 않는, 이득 없는 일에는 참가할 이유가 없군요."

"이득이 없다라……."

"그렇잖습니까. 기껏 마인을 토벌한다 해도, 거기에 든 군사비용은 누가 부담하는 거죠? 마인에게 전후 배상청구라도 하라는 말씀이십니까?"

"확실히 그건 무리겠지."

"아니면 알스하이드 왕국에서 부담해주실 겁니까?"

"한 나라의 군사비용을? 설마. 그런 일이 가능할 리 없지."

"그렇습니까? 애초에 이 이야기는 그쪽의 제안이 아니었습니까. 그리고…… 제가 듣기로는 사실 귀국의 힘만으로도 충분히 사태를 수습할 수 있다는 모양입니다만."

항간에 도는 소문을 언급하자 아우구스트는 표정을 약간 일그러트렸다.

그러자 나바르는 한층 더 히죽거리기 시작했다.

"귀국의 힘만으로 대응하기에는 부담이 커서 우리나라와 이스에 제안을 하신 거 아닙니까? 그럼 우리 쪽에도 나름 이득이 될 만한 건수가 없다면…… 받아들이는 건 무리겠죠."

"그렇군. ……그럼 엘스는 구체적으로 뭘 원하는 거지?"

아우구스트의 대답에 나바르는 탐스러운 먹잇감을 앞에 둔 육식동물 같은 표정을 지었다.

"분명…… 현재 귀국과 그 주변국 사이에서는 원거리 통신이 가능한 마도구가 보급됐다고 들었습니다만. 그걸 무상으로 제공해주시는 건 어떻습니까? 물론 이쪽이 원하는 수량을 갖춰서요."

상업국가인 엘스에서 정보를 단숨에 원거리로 주고받을 수 있는 통신기는 무슨 일이 있어도 확보하고 싶은 물건이리라.

나바르가 그렇게 노골적으로 요구를 꺼내자 아우구스트는 한숨을 내쉴 수밖에 없었다.

"이스는? 설마 그쪽도 세계의 위기에 직면한 이 상황에서 뭔가 요구할 게 있나?"

아우구스트가 세계의 위기 앞에서 이익만 따지고 드는 엘스를 간접적으로 비판하자 나바르의 표정이 일그러졌다.

그리고 지극히 성직자답지 못한 체형의 풀러에게서도 어지간한 요구가 있으리라 예상했지만, 그의 입에서 뜻밖의 대답이었다.

"하하하! 저희는 창신교의 성직자입니다. 엘스 같은 탐욕스러운 요구를 할 리가 없지요."

"뭐, 뭐시라?!"

"세계의 위기에 이익을 우선하다니, 말도 안 되는 소리지요."

나바르가 마치 부모의 원수라도 되는 것처럼 노려봤지만, 풀러는 태연한 얼굴로 무시했다.

"그렇다는 건 엘스는 이 동맹에 참가하겠다는 뜻인가?"

"흠…… 그야 저희로서는 당연히 그러고 싶습니다만……."

'역시…….'

탐욕스러운 엘스를 비판하면서도 역시 뭔가를 요구하려는 풀러의 모습에 아우구스트는 속으로 탄식할 수밖에 없었다.

"뭘 원하는 거지?"

"아니, 조금 전에도 말씀드렸지요? 신도들 사이에 불안이 확산되고 있다고. 저희는 이 상황을 어떻게든 해결하고 싶은 겁니다."

"……구체적으로는?"

그러자 풀러는 이렇게 요구했다.

"성녀."

"뭐?"

아우구스트는 혹시 자신이 잘못 들었나 싶어 되물었다.

"지금 알스하이드에는 성녀라 칭송받는 소녀가 있다더군요. 소문을 듣자하니 탁월한 치유 마법 능력을 가진 굉장한 미소녀라지요? 그 성녀를 우리에게 넘겨주십시오. 우리 국민의 불안을 덜어주기 위해 말입니다."

무슨 요구를 하나 싶었더니 요즘 성녀로 유명한 시실리를 내놓으라고 한다.

아우구스트는 속으로 기가 막히다 못 해 어처구니가 없었다.

풀러가 신도들 사이에 불안이 확산되고 있다는 말을 꺼냈을 때 뭔가 그에 관한 요구를 하리란 예감이 들기는 했다.

그런데 설마 성녀를 넘기라니…….

그 요구를 한 순간, 풀러의 눈에는 성녀로 유명한 미소녀를 자신의 소유물로 삼겠다는 노골적인 탐욕이 드러났다.

설마 이 남자는 모르고 있는 것일까?

그 성녀라 불리는 소녀에게는 사랑하는 연인이자 약혼자인 신이 있다는 사실을.

풀러의 목적은 노골적일 정도로 분명했다.

이 남자는 성녀로서 이스의 상징이 될 수 있는 시실리를 원하는 게 아니다.

그렇게 되도록 내버려두지도 않으리라.

아마 이 살이 뒤룩뒤룩한 남자는 그녀를 애첩으로 거느리려는 것이다.

만약 그렇게 됐을 때 신이 어떤 반응을 보일지 예상한 아우구스트는…… 등골이 서늘해졌다.

엘스와 이스. 양국의 요구는 우연히도 전부 신과 관계가 있었고, 특히 이스의 요구는 절대로 받아들일 수 없었다.

만약 이스가 그 요구를 강제로 집행하려 든다면…… 이스 신성국이라는 대국이, 창신교의 총본산이라는 나라가 지도 상에서 사라질지도 몰랐다.

그런 결과는 최대한 피해야만 했다.

세계의 균형과 창신교 총본산의 영향력도 잃을 수 없었다.

그리고 무엇보다 창신교의 총본산을 멸망시킨다면 제아무리 신이라도 민중의 적이 될지도 몰랐다.

아우구스트는 평소에는 부끄러워서 결코 입에 담지는 않지만, 소중한…… 이제는 친우라 해도 좋을 신이 그런 꼴을 당하는 건 절대로 받아들일 수 없었다.

그런 그의 속마음을 알 리 없는 나바르와 풀러는 기대하는 시선을 보냈다.

'국가 간 교섭에서 잘도 이렇게까지 욕심을 드러내는군.'

나바르는 아주 노골적이었고 풀러도 가급적 숨기려 하고는 있지만, 욕망으로 눈이 흐려져 있었다.

게다가 그런 기대하는 눈으로 봐 봤자…….

"엘스와 이스, 양국의 요구는……."

아우구스트가 입을 열자 나바르와 풀러가 앞으로 몸을 불쑥 내밀었다.

"둘 다 받아들일 수 없다."

그 대답이 나온 순간, 두 사람은 입을 떡 벌리며 실망감을 드러냈다.

"그게 대체 무슨 말씀이십니까? 그렇다는 건 혹시 전하께서는 우리에게 아무 대가도 없이 전쟁에 참가하시라는 겁니까?"

"민중의 불안을 덜어주기 위한 제안이었건만…… 솔직히 실망했습니다."

"역시 아직 젊은 전하에게 이런 고도의 교섭은 무리였나 보군요."

"동감이다."

나바르와 풀러는 자신들의 요구가 기각당하자 아우구스트에게 비난을 퍼부어댔다.

국가 고위층에 해당하는 이들은 이렇게까지 대놓고 요구를 거절당한 경험이 없었던 것이리라.

상대가 외국의 왕태자라는 사실도 잊고 제멋대로 떠들어댔다.

그러자 당사자는…….

"뭘 모르는 건 너희들이다."

약간 분노가 담긴 목소리로 말했다.

마력도 들끓었는지 방 안의 공기가 저릿저릿하게 떨렸다.

그런 열여섯 살의 소년답지 않은 아우구스트의 위압감에 그제야 두 대표는 자신들의 눈앞에 있는 것이 알스하이드 왕국의 왕태자이자 얼티밋 매지션즈의 차석이 될 정도의 실력자라는 사실을 자각했다.

"엘스에 이득이 없다고? 그 정도밖에 머리가 안 돌아가는 주제에 용케도 대표로 선출됐군."

"뭐, 뭐라굽쇼?!"

상인으로서 산전수전을 다 겪어본 나바르는 약관 열여섯 살인 아우구스트의 위압감에 압도되고 있다는 사실을 인정할 수 없어서 언성을 높였다.

"그리고 풀러 대사교, 왜 우리가 그쪽에 성녀를 넘겨야 하지?"

하지만 아우구스트는 그런 나바르를 무시하고 이번에는 풀러에게도 쓴소리를 했다.

"그건 방금 말씀드렸지 않습니까. 민중의 불안을……."

"민중 사이에서 성녀라고 불리고 있긴 하지만, 성직자가 되기 위한 수행도 하지 않은 자를 말인가? 그리고 얼티밋 매지션즈의 성녀라고 하면 전장에서 마인을 해치울 힘을 가졌으면서도 무상으로 상처 입은 자들을 치료해준다는 평판이었을 터. 그래서 인기를 얻었고, 희망이 된 거다. 그런데 왜 그런 그녀를 이스에 넘겨야만 민중의 불안을 해소해줄 수 있다는 거지?"

"그, 그건……."

"성녀가 전선에서 이탈하면 도리어 민중의 불안이 고조될 거라는 생각은 안 드나?"

아우구스트의 추궁에 풀러는 할 말을 잃었다.

"아니면…… 혹시 다른 목적이 있는 게 아닌가?"

"그! 그렇지는!"

누가 봐도 뻔한 요구였지만, 본인은 아직 들킨 줄 모르는지 아우구스트의 지적에 당황하는 기색을 보였다.

"어라? 대사교라는 분께서…… 설마 자신을 위한 요구였습니까?"

그러자 그 표정을 본 나바르가 추격타를 가했다.

"닥쳐! 이 수전노가!"

"뭐시라?! 이 가짜 성직자 주제에!"

"뭐라고?!"

"뭐!"

"적당히 좀 해!"

두 대표가 말싸움을 벌이자 아우구스트가 호통을 쳤다.

왕태자라고는 해도 아직 소년인 아우구스트에게 호통을 들은 두 사람은 숨을 씩씩거리며 자리에 앉았다.

엘스의 대표로 이 자리에 참석한 나바르가 왜 다른 나라의 대표인 풀러를 도발한 이유.

그리고 풀러 또한 그 도발에 간단히 넘어간 이유.

사실 엘스와 이스는 서로에게 그다지 좋은 감정을 가지고 있지 않았기 때문이다.

엘스는 자본지상주의에 늘 트집을 잡는 이스를 지겨워했고, 이스는 그런 엘스를 수전노 집단으로 보고 있었다.

아무리 사이가 나쁘다고는 해도 두 나라는 상업국과 종교

국가.

엘스는 전쟁이란 그저 물자를 팔아치울 수단일 뿐, 그런 자본과 국력이 피폐해지는 일을 주도적으로 벌일 생각은 전혀 없는 나라였고.

이스 또한 종교국가가 전쟁을 벌일 경우 민중이 가지는 인상이 악화될 것을 잘 알기에 결과적으로 두 나라는 서로에게 아무리 악감정이 있어도 전쟁으로까지 발전시킬 생각은 한치도 없었다.

"엘스와 이스는 대체 무슨 생각을 하는 거지? 이 회담은 세계의 위기를 극복하기 위한 자리이건만."

그래서 아우구스트는 본래의 취지를 잊고 지금까지의 관계 때문에 말다툼을 시작한 나바르와 풀러를 나무랄 수밖에 없었다.

"그렇게 말씀하셔도 실제로는 귀국의 힘만으로도 대처할 수 있는 문제가 아닙니까. 그런데 대체 왜 우리까지 말려들게 하시려는 거죠?"

"나도 그 말에는 동감이오."

이럴 때만 의견을 일치시키는, 이 연합의 의미를 전혀 이해하지 못한 두 사람의 반응에 아우구스트는 깊은 한숨을 내쉬었다.

"하아…… 그것조차 모르는 건가……."

"뭐, 뭐라굽쇼?"

"우리를 바보 취급하는 건가?"

이렇게까지 말해도 두 대표는 이번 회담의 진정한 의미를 눈치채지 못했다.

아우구스트는 욕심에 눈이 먼 그들에게 이번 회담의 의의를 가르쳐주기로 했다.

"확실히 알스하이드의 힘만으로도 대처할 수는 있다만, 그렇게 사태가 수습될 경우 너희들은 무슨 생각을 할 거지?"

"무슨 생각이라니…… 그야 대단하다고 생각할 것 같습니다만……."

"그럼 주변국들은?"

"그야 알스하이드에 감사……."

그제야 깨달은 모양이었다.

알스하이드의 힘만으로 사태가 수습될 경우, 그들의 공적이 지나치게 커질 것임을.

세계를 구한 알스하이드와 참가하지 않은 대국을 주위에서는…….

"주변국들은 우리나라에 크게 고마워하겠지. 그리고 이 세계의…… 인류의 위기 속에서 아무것도 하지 않은 두 대국에는…… 대체 어떤 평가를 내릴 것 같나?"

확실히 그렇게 될 거라고 정해진 건 아니었지만, 필연적으로 그리 될 수밖에 없을 거라는 아우구스트의 말투에 나바르와 풀러의 안색이 돌변했다.

상업과 종교. 분야는 다르지만, 이 두 개념은 민중의 평판에 크게 좌우되는 공통점을 가지고 있었다.

이대로 계속 공적을 세우면 알스하이드는 세계의 맹주로서 큰 발언권을 가지게 될 것이고 아무것도 하지 않은 두 대국은 신용을 크게 잃게 되리라.

"이번 회담은 엘스와 이스에게 『부탁』하는 게 아니다. 알스하이드가 독점할 수 있는 공적을 너희들에게도 나누어주겠다는 『이익 공유 제안』이지. 그런데…… 설마 이렇게까지 자신들의 이득만 챙기려 들 줄이야."

이 회담의 목적은 마인의 위협에 대항하려는 것뿐만 아니라 세계의 파워밸런스를 조정하려는 것이기도 했다.

그런 것도 깨닫지 못하고 자신들의 요구만 주장했던 두 사람은 고개를 숙일 수밖에 없었다.

한 명은 그저 창피해서.

다른 한 명은 창피를 당했다는 것이 화가 나서.

"애당초 통신기는 개인의 발명품이라 국가에 소유권은 없다. 그래서 각국에서는 그 개인에게 구입해서 매달 통신료를 지불하고 있지. 그런 물건을 엘스만 무료로, 그것도 대량으로 제공해봐라. 과연 어떻게 될 것 같나."

"그야…… 반감을 사겠죠……."

"그게 엘스의 요구를 받아들일 수 없는 가장 큰 이유다."

엘스만 특별히 무료로 제공하면 당연히 돈을 내고 쓰는

나라들은 반감을 가질 수밖에 없었다.

그 요구를 받아들인 쪽에도, 그리고 요구한 쪽에도.

신용이 제일인 상인이 국가 단위로 그 신용을 잃고 말리라.

자신의 요구가 받아들여진 후의 상황까지 생각이 미치지 못한 나바르는 더더욱 고개를 깊이 숙일 수밖에 없었다.

"그리고 성녀는…… 그녀에게 약혼자가 있다는 건 알고 있나?"

"그, 그건……"

물론 풀러도 알고 있었다.

알고 있었지만, 지금까지는 대사교라는 지위와 창신교라는 조직의 힘이 있으면 어지간한 일은 전부 자신의 뜻을 관철시킬 수 있었다.

그래서 약혼자가 있든 없든 자신이 말만 하면 요구가 통하리라 여긴 것이다.

"알고 있었군. 그럼 그 상대는?"

"……"

"『마왕』 신 월포드……가 아닙니까?"

"그 말대로다. 용케도 알았군."

"그야 뭐…… 얼티밋 매지션즈의 마왕과 성녀는 약혼자일 뿐만 아니라 사이가 좋기로 유명하니까요."

나바르는 그런 것도 몰랐냐는 눈으로 풀러를 흘겨보았다.

그러자 풀러는 더더욱 화가 났다.

물론 그도 알고 있었지만, 마법사 따위가 세계 유일 종교의 대사교인 자신의 뜻을 거역할 수 있으리란 생각을 처음부터 하지 않았기 때문이다.

"그걸 알면서 이런 요구를…… 솔직히 난 풀러 대사교의 용기에 감탄했다."

"뭐?"

약혼자가 있는 여자를 뺏으려 해서 비난을 들을 줄 알았던 풀러는 예상치 못한 아우구스트의 발언에 의아한 표정을 지었다.

용기에 감탄?

"마법사의 왕이라고까지 불리면서 마인이 집단으로 몰려와도 아무렇지 않게 쓸어버리는 녀석의 약혼자를…… 적어도 나라면 절대로 할 수 없는 요구다."

두려움을 모르는 용사일까, 아니면 상황을 파악하지 못한 멍청이일까.

아우구스트는 말로는 하지 않았지만, 속으로는 틀림없이 후자일 거라 생각했다.

"일반적인 약혼자가 아니라 사이도 무지 좋다는 소문인데…… 그랬다간 마왕 씨가 미쳐 날뛰는 게 아닐까요?"

"……그렇게 된다면…… 세계가…… 진짜 멸망해버릴지도 몰라……."

"무슨 그런 허풍을……."

풀러는 전혀 믿지 않았지만, 신이 얼마나 터무니없는 인간인지 잘 아는 아우구스트는 그 광경을 쉽게 떠올릴 수 있었다.

그래서 안색이 창백해진 얼굴로 아직 미련이 남은 듯한 풀러에게 못을 박았다.

"아무튼 성녀에게 관심을 거두도록. ……그러다 정말 어떻게 되도 난 몰라."

"큭! 크으윽!"

풀러는 이제 분노로 제대로 된 생각도 할 수 없는 지경이었다. 새빨개진 얼굴로 아우구스트와 자신을 바보 취급한 나바르를 번갈아 노려보았다.

"저런 상태로 회담은 무리겠군. 내일 다시 하지. 나바르 외교관, 풀러 대사교. 난 딱히 무상으로 도우라는 뜻은 아니다. 이 소동이 가라앉은 후, 어떤 이익이 돌아올지 고려해 보도록."

그 말을 남긴 채 아우구스트는 퇴실했다.

나바르도 그 뒤를 따랐고 풀러 대사교만 회담장에 덩그러니 남겨졌다.

◆

얼티밋 매지션즈가 스이드 왕국에서 마련해준 숙박시설인 영빈관의 홀에서 대기하고 있자, 아직 오전 중인데도 오그가 회담에서 돌아왔다.

회담장이 고급 레스토랑이라 들어서 틀림없이 점심까지 먹고 올 줄 알았는데 말이지.

"어? 오그. 벌써 끝났어? 아니면 점심 먹으러 잠깐 나온 거야?"

"오늘 회담은 이걸로 끝이야."

"오늘이라는 건…… 내일도 한다는 거야?"

"유감이지만, 엘스와 이스도 일방적인 요구만 하더군. 일단 생각을 정리하고 회담은 내일 다시 하기로 했어."

일반적인 요구. 그렇다는 건 역시…….

"그 소문이 영향을 준 거야?"

"그건 그다지 관계없어. 신경 쓰지 마."

"그, 그래……."

그 소문 때문에 교섭이 난항을 겪은 줄 알았다.

하지만 그다지……라고 했으니 다소 영향을 주긴 했지만, 큰 문제는 되지 않았다는 건가.

그런데 어째서일까? 오그는 아직 열여섯 살인데도 어른이 상대라도 입담으로 지는 모습이 상상되지 않았다. 오히려 말로 굴복시켰으면 시켰지.

그런 생각을 하고 있자 뒤에서 본인이 말을 걸었다.

"신, 클로드. 잠깐 괜찮겠나?"

"응? 왜?"

"무슨 일이세요? 전하?"

나와 시실리를 따로 부른 오그는 일행과 약간 떨어진 곳으로 가서 입을 열었다.

"신…… 화내지 말고 들어."

표정이 보기 드물게 진지했다.

"뭔데?"

나는 대체 무슨 이야기를 꺼내려고 이러는지 긴장하면서 오그의 목소리에 귀를 기울였다.

"이스의 대표 말이다만……."

"응."

"이번 동맹에 참가하는 조건으로…… 성녀를 내놓으라더군."

처음에는 오그가 무슨 말을 한 건지 이해하지 못했다.

그리고 이해한 순간, 강렬한 분노로 머릿속이 새하얗게 변했다.

"뭐어?! 그게 대체 무슨 소리야!"

"그러니까 화내지 말라고 했잖아. 걱정하지 않아도 그 요구는 쳐냈어."

"당연하지!"

동맹에 참가하는 대신 시실리를 내놓으라고? 대체 무슨 생각이야! 설마 창신교라는 게 그런 집단이었어?

"오해하지 말라는 뜻으로 말해두겠는데 창신교의 성직자는 기본적으로 청빈함을 중시해서 자신의 욕망을 엄격히 다스리는 걸로 유명해. 하지만 이 대표라는 놈은 성직자답지 않게 살이 뒤룩뒤룩하더군. 아마 처신에 능한 거겠지."

"파계승이란 건가……."

그런 놈들은 어디에나 있기 마련인가 보다.

"엘스의 대표 쪽은 어느 정도 납득한 것 같지만, 이스 대표는 요구가 통하지 않으니 어지간히 화가 난 모양이더군. 게다가 엘스 대표까지 도발을 했으니……."

"엘스 대표가 도발을?"

어째서?

보통은 삼대 대국의 고관이 모인 회담장에서 그런 짓을 할 리가 없잖아?

내 의문을 눈치챈 시실리가 설명해주었다.

"엘스와 이스는 옛날부터 사이가 나빴거든요……."

아, 그런 거였군. 그러고 보니 두 나라가 추구하는 목표는 완전히 정반대였다.

"돈과 청빈함인가……."

"그런 거다. 특히 이스 대표는 창신교 내부에서도 꽤 신분이 높은 편인가 보더군. 자신의 뜻대로 되지 않은 게 납득할 수 없는지 분노로 얼굴이 새빨개졌지 뭐야."

"……그렇다는 건……."

"강행 수단으로 나올 가능성이 있어."

"진짜?"

뭐야 그게. 그딴 게 정말 성직자야?

"그러니까 신. 클로드에게서 눈을 떼지 마라."

"응…… 알았어."

성녀를 내놓으라고? 웃기고 있어! 시실리는 절대로 못 넘겨줘!

"시, 신 군?"

"응?"

어느 새 난 시실리의 어깨를 끌어안고 있었다.

이 품속의 사랑스러운 존재를 놓치는 건 상상조차 할 수 없었다.

반드시, 꼭…….

"내가 꼭 지켜줄게."

"신 군……."

나는 이 소녀를…….

"잠깐! 그런 건 너희 방에서 하면 안 돼?!"

내가 시실리를 계속 껴안고 있자 마리아가 평소처럼 태클을 걸었다.

하지만…….

"저, 저기…… 신 군?"

"조금만 더, 이대로……."

"아으…… 다들 보는데……."

"괜찮아."

"괜찮다니, 그런……."

이건 시실리를 무슨 일이 있어도 지켜주겠다는 결의 표명이다.

강행 수단?

웃기고 앉았네! 얼마든지 덤벼 보시지!

"……러브러브가 레벨업했어……."

"뭐, 이번에는 너그럽게 봐줘라."

"……혹시 무슨 일이라도 있었나요?"

내가 시실리를 껴안은 채 결의 표명을 하고 있자, 뒤에서 오그가 일행에게 이번 이스 측의 요구를 설명했다.

그리고 그 너무나도 추잡한 요구에 다들 분노를 드러냈다.

하지만 그 와중에도 난 시실리를 품에서 떼어놓지 않았다.

"신 군, 저기…… 왜 그러세요?"

평소에는 주위의 핀잔을 듣고 놨을 테지만, 아직도 떨어질 생각이 없는 내 모습에 당황한 시실 리가 물었다.

"왠지…… 혹시 시실리를 이런 불합리한 일로 빼앗길지도 모른다고 생각했더니…… 절대로 놓고 싶지 않아졌어."

"……절대로요?"

"응, 절대로."

시실리를 잃는 것.

그것은 지금의 내가 이 세상에서 가장 두려워하는 일일지도 몰랐다.

시실리가 누군가에게 살해당하거나 납치당하는 광경을 상상하지만 해도 가슴에 큰 구멍이 생긴 듯한 상실감이 느껴졌다.

만약 그게 실제로 일어난다면?

난 내가 무슨 짓을 저지를지 상상도 할 수 없었다.

가해자를 내가 아는 가장 잔혹한 방법으로 죽여 버릴지도 모른다.

그 정도로 나는 시실리에게 마음을 뺏긴 상태였다.

이건 내 가장 큰 약점이 될지도 모른다.

하지만 그것 때문에 시실리와 헤어지는 건 상상할 수도 없었다.

"난 널 잃는 게 가장 무서워. 생각하고 싶지도 않아. 그러니 지킬 거야. 반드시 지킬 거야. 이 목숨과 바꿔서……."

"신 군."

이 목숨과 바꿔서라도 지키겠다고 말하려 한 순간, 시실리의 목소리가 끼어들었다.

"저도 마찬가지예요. 전 지금 신 군을 잃는 게 가장 두려워요. 생각하고 싶지도 않아요. 그러니…… 그런 말은…… 절대로 하지 말아주세요."

그리고 그녀도 날 끌어안아주었다.

……그런가. 시실리도 같은 생각이었나.

그녀도 날 소중히 여기고 있다. 날 잃는 것을 두려워했다.

그 사실을 안 것만으로도 가슴 속에서 뜨거운 감정이 샘솟았다.

"……다른 여자한테 가는 것도 싫어요……."

……뭐지? 이 귀여운 생물은?

시실리도 참, 그런 걱정을 하고 있었던 건가.

"그럴 일은 절대로 없어. 너보다 귀여운 애가 있을 리 없잖아. 오히려 내가 더 걱정돼. 네가 내 곁에서 떠나지는 않을까 싶어서……."

"말도 안 돼요! 태어나서 처음으로 반한 사람인걸요! 절대로, 절대로 헤어지지 않을 거예요!"

그렇게 외친 시실리는 나를 끌어안은 팔에 한층 더 힘을 주었다. 이젠 거의 매달리는 것에 가까울 정도였다.

"시실리……."

나도 그녀를 껴안은 팔에 힘을 주었다.

"신 군……."

강하게 안긴 시실리가 내 품속에서 고개를 들었다.

서로의 마음을 전하고 더는 참을 수 없게 된 우리는 서로 고개를 내밀고…….

키스했다.

"시실리……."

"신 군……."

일단 입술을 떼고 다시 서로의 눈을 바라보았다.

그리고 다시 한 번 얼굴을 가까이 한 순간.

""""꿀꺽…….""""

누군가가 숨을 삼키는 소리가 들렸다.
……그러고 보니 여긴 우리가 묶고 있는 영빈관의 홀이었고…….
조금 전부터 다들 모여 있는 곳이기도 했다.
시실리도 그제야 그 사실을 깨달았는지 약간 창백해진 얼굴로 주위를 살폈다.
그러자 당연히…….
"우와~! 키스하는 거 처음 봤어!"
"꽤 자극적."
"제법이네, 신."
다들 이쪽을 응시하고 있었다.
"아, 아, 아으으……."
모두가 보는 앞에서 열렬한 키스 씬.
시실리는 머리 위로 증기가 뿜어질 정도로 얼굴이 새빨개졌다.
물론 나도 마찬가지였다.
우오오! 미, 민망해!
"뭐, 뭐야. 보고 있었으면 평소처럼 말리지 그랬어, 마리아."

"전하의 말씀과 조금 전까지 너희가 나눈 대화를 들었는데 말릴 수 있을 리가 없잖아! 젠장! 시실리는 이 정도로 진도를 뺐는데 나는…… 나는은!"

마리아가 폭발한 덕분에 창피한 기분이 약간 가셨다.

고맙다, 마리아.

"자, 그럼 신. 열렬한 러브 씬은 그쯤 해두고 앞으로의 대책을 세워보자.

"그, 그만 좀 언급해!"

"하으으……."

아, 진짜! 시실리의 눈이 빙글빙글 돌고 있잖아!

아무튼 오그의 말은 지당했다.

오그의 말에 따르면 이스 대표는 아직 시실리를 포기하지 못한 듯했다.

하지만 지금 우리가 모여 있는 곳은 알스하이드, 엘스, 이스라는 삼대 대국의 회담장이다.

그리고 시실리를 노리는 건 이스의 중진.

앞으로 어떤 수단을 동원할지는 모르겠지만, 설마 이 영빈관을 습격해서 시실리를 납치하려 들진 않겠지?

만약 실행에 옮긴다면 이건 어마어마한 불상사다.

회담 내용은 두말할 것도 없거니와 왕태자가 묵고 있는 시설을 습격했다?

당연히 전쟁이 일어나도 전혀 이상할 게 없었다.

아무리 시실리를 원한다지만, 아무쪼록 그런 바보 같은 짓은 저지르지 않기를 빌었다.

그래도 만에 하나를 대비해서 대책은 세울 거지만.

모두에게 열렬한 키스 씬을 보인 후, 시실리는 내 등에 찰싹 달라붙어서 떨어지려 하지 않았다.

너무 부끄러워서 눈도 마주칠 수 없는 모양이었다.

그렇다고 해서 다들 홀에 모여 있는데 자기만 방에 틀어박혀있는 것도 싫었나 보다.

하긴 친구들이 자기만 빼놓고 즐거워하는 모습을 보는 건 쓸쓸하겠지.

그런 고로 나는 시실리가 등에 달라붙은 상태로 소파에 앉아 오그와 대책을 세우기로 했다.

"참 얼빠진 구도다만…… 뭐, 됐다. 시작하자."

"응."

"우선 영빈관의 호위 말인데……."

그리고 앞으로의 경비 체제에 관한 오그의 제안을 듣고 그대로 승낙했다.

실제로 그런 일이 일어나지 않는 게 가장 좋겠지만…….

◆

스이드 왕국의 어느 고급 호텔.

건물 전체가 이스 신성국의 사절단에 제공되었고, 사절단 대표인 풀러는 그중에서도 한층 더 호화로운 스위트룸에 묵고 있었다.

"네 이놈…… 고작 열여섯밖에 안 된 애송이가 이 몸의 행사를 방해하다니! 나는 창신교 총본산의 대사교 아멘 풀러다! 그런데도…… 그 놈은……!"

이번 동맹을 대가로 성녀를 손에 넣을 줄 알았다.

민중의 평온을 미끼로 내걸면 거절하지 못할 줄 알았다.

하지만 실제로는 단칼에 거절당하고 말았다.

창신교의 대사교이자, 이스의 재무를 장악한 덕분에 국내에서는 절대적인 권력을 누렸던 풀러에게 자신의 요구가 거절당하는 건 있어선 안 될 일이었다.

"뭐가 신 월포드라는 거냐! 뭐가 마왕이냐! 가진 게 힘밖에 없는 무법자에게 겁을 집어먹기는!"

굴욕에 몸을 떨던 풀러는 울분을 터트리며 방 안의 집기를 몇 개나 깨부수었다.

"후욱! 후욱! 조금만, 조금만 더 있으면 성녀를 손에 넣었을 텐데……. 전에는 실패했지만…… 이번에야말로…… 그 무법자에게서 성녀를 떼어놓으면……."

이미 풀러의 머릿속에선 신이 힘으로 시실리를 속박한 악당이 되어 있었다.

이건 정상적인 사고로는 도달할 수 없는 착각이었지만, 지금은 그럴 수밖에 없는 원인이 있었다.

"……얼마 남지 않았군."

풀러가 묵고 있는 스위트룸의 천장 속에 몸을 숨긴 제스트 일행이 검은 마력으로 욕망을 증폭시키고 계속 세뇌 마법을 걸고 있었기 때문이다.

그래서 풀러는 성녀라 불리는 시실리를 손에 넣고 싶어서 견딜 수 없는, 수단과 방법을 가리지 못하는 정신 상태였다.

……이제는 삼국 회담이라는 매우 중요한 회의 때문에 자신이 스이드를 방문했다는 사실조차 인식하지 못할 정도로.

짜증스럽게 방 안을 빙글빙글 돌던 풀러는 갑자기 무슨 생각이 떠올랐는지 표정을 추악하게 일그러트렸다.

"후힛! 후히히히! 그래. 그 녀석은…… 그 남자는 정의의 이름을 속인 악당이야……. 그 악당의 손에서 성녀를 구출했는데 누가 날 비난하겠어? 후히히힛, 완벽해. 모두가 나에게 찬사를 보낼 거다. 성녀도 기쁘게 자기 몸을 바칠 게 틀림없어!"

누가 봐도 허점투성이인 이론을 완전히 믿어 의심치 않았다.

하지만 그 완벽한 이론을 결코 자신이 직접 이행하진 않았다.

"어이! 누구 게 없느냐!"

풀러는 방 밖에 있는 호위를 부르고 병사들이 들어오는 것을 기다렸다.

"부르셨습니까. 풀러 대사교."

"오오, 잘 왔다. 실은 그대들에게 꼭 맡기고 싶은 임무가 있다."

"임무라고요?"

병사들이 되물었다.

"그래. 오전 중에 회담을 했다만, 그대들은 지금 알스하이드에 성녀가 불리는 소녀가 있다는 걸 아느냐?"

"물론입니다. 뛰어난 치유 마법으로 신분을 가리지 않고 민중을 치료한, 그야말로 성녀라 불리기에 마땅한 소녀라 들었습니다."

"음. 그럼 그 성녀에게 약혼자가 있다는 소문은?"

"현자 멀린 님과 도사 멜리다 님의 손자인 신 월포드 님 말씀이시군요. 지금은 마법사의 왕인 마왕이라 불리며 이 세계를 구할 존재라고 들었습니다."

그 대답을 들은 풀러는 입가를 흉하게 일그러트렸다.

"그 남자 말이다만, 실은 그렇게 훌륭한 인간은 아닌가 보더군."

"예? 그게 무슨 말씀이십니까?"

호위들이 바로 의문을 표했다.

그러자 풀러는 다시 입을 열었다.

"오늘 만난 알스하이드의 아우구스트 왕태자가 아무래도 그 신 월포드에게 협박당하고 있는 모양이더군."

"협박? 왕족을 말입니까?"

"그래. 신 월포드는 자신의 힘으로 알스하이드 왕국을 장악한 거다."

"헉! 그런 일이! 그게 사실입니까?!"

"놈은 회담장에 참석하지 않았으니 전하께서 상담하시더군. 그리고 성녀 말인데."

호위는 숨을 삼키고 뒷말을 기다렸다.

"그 신의 월포드에게 붙잡혀서 강제로 약혼자가 된 모양이더군."

"그, 그런 일이?!"

"게다가 놈은 자신의 힘을 방패삼아 거부하는 성녀님을 매일 밤 강제로 능욕한다는 정보도 입수했다."

"무, 무슨 그런 짐승 같은 놈이!"

풀러는 분노하는 병사의 모습에 음험하게 웃었다.

"성녀가 불리는 자가 그런 남자의 곁에 있어도 괜찮겠나?"

"괜찮을 리가 없지요! 대사교! 저희의 손으로 성녀님을 구출할 수는 없는 겁니까?!"

"오오! 실은 내가 부탁하려 한 임무도 바로 그거였다! 오늘은 회담 첫날이라 놈도 방심하고 있겠지. 시급히 사람을 모아서 성녀님을 구출해다오."

"알겠습니다! 반드시 성녀님을 구출해 오겠습니다!"

그렇게 대답한 호위는 급히 사람을 모아서 알스하이드 사절단이 숙박 중인 영빈관으로 직행했다.

"크흣. 우흐흐흐…… 이걸로 성녀는 내 것이다……."

그 모습을 지켜본 풀러는 시실리를 손에 넣은 후의 일을 상상하며 호위들이 돌아오는 것을 기다리기로 했다.

한편, 천장 위에서 그 광경을 시종일관 지켜본 제스트 일행은 풀러의 폭주에 기막혀 했다.

"저런 거짓말이 들키지 않을 거라고 생각하는 걸까요?"

"인간의 욕망이라는 건 참 무섭군."

로렌스는 너무나도 허술한 거짓말에 어처구니가 없었고, 제스트는 인간의 욕망을 과도하게 증폭시키면 정상적인 사고를 할 수 없게 된다는 사실을 확인하고 감탄했다.

풀러의 거짓말은 아우구스트 본인이 얼마든지 뒤집을 수 있는 내용이었다.

"엘스 쪽 대표도 있었는데 떠올리지도 못한 모양이군."

그리고 무엇보다 제3자의 증언도 얻을 수 있는 상황이었다.

하지만 제스트 일행에게는 딱히 중요한 문제가 아니었다.

"자, 그럼 이걸로 소중한 존재가 위험에 빠진 놈이 어떤 반응을 보일지…… 될 수 있으면 이스 신성국을 이 세상에서 지워 줬으면 좋겠군."

마인들의 목적은 어디까지나 신을 폭주시키는 것이었으므로.

◆

오그와 정한 관리체제는 경비의 감시를 약간 『소홀히』 하는 것이었다.

사실 경비체제를 강화해서 처음부터 습격을 방지하는 게 더 중요할지도 몰랐다.

하지만 오그는 연합에 가입하는 대신 시실리를 요구한 건 이스 신성국이 아니라 사절단 대표 개인이었다고 말했다.

그런 욕망에 사로잡힌 인간이 한 번 실패한 정도로 간단히 포기할 리 없었다.

이 회담이 끝난 후에도 뭔가 트집을 잡아서 시실리를 이스에 넘기라는 말을 꺼낼지도 몰랐다.

그렇다면 근심의 싹은 일찍 뽑아두는 편이 나으리라. 그런 인간을 최대한 무대에서 일찍 퇴장시키기 위해 일부러 이런 경비체제를 짠 것이다.

솔직히 시실리를 미끼로 삼는 것 같아서 내키지는 않았지만…….

오그가 그렇게 제안했을 때, 시실리는 전혀 불안해하는 기색도 없이 승낙했다.

자칫하면 납치당할 우려가 있는 작전이다 보니 오그도 의아하게 여기며 이유를 물었다.

"신 군과 여러분이 지켜주시는 거잖아요? 그럼 제가 불안하게 여길 요소는 전혀 없어요. 그리고……."

"그리고?"

시실리는 바로 대답하지 않고 목에 걸린 목걸이를 들어보였다.

"이 부적이 있으면 무슨 일이 생겨도 괜찮을 것 같거든요."

그리고 나를 향해 웃어주었다.

"뭐야~. 시실리 목걸리에만 특별한 부여라도 한 거야?"

남친 자랑으로도 들리는 시실리의 대답에 마리아가 날 놀리기 시작했다.

그래. 그럼 그 기대에 응해줘야겠지.

"그래. 뭐, 시실리 거에만 특별한 부여를 했을지도."

"어! 잠깐! 뭐야 그게! 치사하지 않아?!"

시실리의 목걸이만 특별하다고 말하자 마리아가 질투했다.

"그래서? 대체 뭘 부여했는데?"

오그도 궁금해 하기에 대답해줬다.

"『애정』……일까."

…….

아차…….

"말하지 말걸……."

"물어보지 말걸……."

폭소도 감탄도 아닌 무반응.

엄청나게 싸늘해진 분위기에 후회한 나는 목덜미까지 새

빨개진 것을 자각하며 양손으로 얼굴을 가리고 테이블에 머리를 박았다.

그리고 이 상황에 일조한 마리아도 새빨개진 얼굴로 똑같이 테이블에 머리를 박았다.

말려들게 해서 미안…….

"크…… 그, 그럼…… 풋! 클로드. 미끼가 돼서 다소 위험에 노출될지도 모르지만, 잘 부탁한다."

"아, 예…… 알겠습니다."

시실리도 부끄러운지 얼굴이 빨갰다.

그리고 마지막으로 오그는 아무리 화가 났다지만, 일국의 사절단 대표가 바로 강행 수단을 저지를 거란 확신은 없으니 장기전이 될지도 모른다는 당부로 이야기를 마무리했다.

그 후에는 이미 감시가 있을지도 모르니 다들 평소처럼 지내기로 했다.

그리고 식사와 입욕을 마치자 취침 시간이 찾아왔다.

먼저 시실리의 방에 모였다.

그리고 문제가 없는 것을 확인한 후 각자 방으로 돌아갔다.

우리는 반씩 교대로 자면서 색적 마법으로 수상한 인물이 없는지 확인하기로 했다.

아까 오그가 한 말대로 장기전이 될 가능성도 있어서였다.

다만, 밖에서 보여도 의심하지 않도록 침대에 누워서 자는 척은 해야 했다.

시실리의 방에서 무슨 일이 일어나는지 파악하기 위해 그녀의 무선 통신기는 오픈 채널로 켜 두었다.

그렇게 확인을 마치고 방에서 나오려 하자 시실리가 날 불러 세웠다.

"신 군, 저기……."

"왜?"

시실리는 목걸이를 만지작거리며 머뭇거렸다.

하지만 이윽고 뭔가를 결심한 얼굴로 나에게 다가왔다.

"이 목걸이에 애정을 부여했다는 게 사실인가요?"

그리고 그런 질문을 던졌다.

아까 시실리의 얼굴이 빨개진 건 민망해서 그런 게 아니라 쑥스러워서였나 보다.

지금도 물기에 젖은 눈으로 날 올려다보고 있었다.

이런 표정으로 물어보면 대답할 말은 하나밖에 없었다.

"사실이야."

나는 시실리의 귓가에 그렇게 속삭였다.

그러자 시실리는 감격한 얼굴로 나에게 가볍게 키스했다.

"그럼 방에 들어갈게요."

시실리는 빨갛게 익은 얼굴로 부랴부랴 문을 닫았다.

세상에. 시실리가 키스해준 건 처음 아닌가?

너무 기뻐서 얼굴이 흐물흐물 풀어졌다.

시실리가 방으로 들어갔으니 나도 그만 가려고 등을 돌린 순간.

"뭐야? 혹시 이번에는 이런 장면만 계속 봐야 하는 거야?"

기가 막힌 듯한 표정의 마리아를 필두로 다들 이쪽을 쳐다보고 있었다.

히죽히죽 웃는 얼굴로.

"신."

"으, 응. 왜?"

그런 가운데 오그만 약간 무서운 얼굴이었다.

아무래도 너무 긴장감이 없었나 보다.

"……클로드랑 한 방을 써도 돼."

하지만 곧 히죽히죽 웃으면서 터무니없는 제안을 했다.

"뭐?! 그건 또 무슨 소리야?!"

"이젠 사귀는 사인데 뭐 어때. 습격자들에게 부끄러운 모습을 보여도 상관없다면 말이지만."

"바! 바보! 그런 짓을 할 리 없잖아! 상식적으로 생각해!"

"어째서? 의외로 좋은 수단일지도 모르잖아? 너희가 사랑을 나누는 모습을 보면 습격자들도 포기할지도 몰라. 아무튼……."

사랑을 나눈다니…… 즉, 그걸 하는 모습을 보여주라고?!

가능할 리 없잖아!

내가 반박하려 했지만, 아직 뒷말이 남아 있었던 모양이다.

"……애정을 부여했다며?"

이, 이 자식……!

확실히 그 말을 한 건 나니까 이제 와서 부정할 수도 없는 노릇이었다.

그렇게 내가 다양한 이유로 새빨개져서 부들부들 떨고 있자 오그가 참다못해 쿡쿡 웃음을 흘리며 모두에게 말했다.

"자, 신을 놀리는 건 이쯤하고 슬슬 방으로 가자. 경계는 소홀히 하지 말도록."

""""예!""""

그 한 마디에 다들 샅샅이 흩어졌다.

그런 가운데 혼자 남겨진 나는…….

"……나도 방에나 가자……."

힘없는 걸음걸이로 내 방을 향했다.

내 방에 들어온 나는 바로 색적 마법을 전개했다.

아직은 영빈관을 지키는 호위들밖에 느껴지지 않았다.

그리고 그런 호위들의 위치에는 미묘하게 사각이 생겨 있었다.

너무 노골적이면 경계할지도 모르고 지나치게 엄중하면 습격을 단념할지도 모르기 때문이다.

나는 불을 끄고 어둠 속에서 영빈관에 접근하는 자가 없는지 신경을 곤두세웠다.

그건 그렇고…… 어둠 속에 혼자 있다 보니 갑자기 머릿속이 냉정해졌다.

회담장에서 이스 대표를 본 오그가 강행 수단으로 나올 가능성이 있다고 해서 이런 대비를 하고는 있지만, 잘 생각해보면 역시 습격까지 하는 건 무리가 있었다.

외국.

왕태자를 포함한 사절단이 묵고 있는 영빈관.

표적은 약혼자도 있는 소녀.

오그의 말에 따르면 시실리를 요구한 표면상의 이유는 불안해하는 민중을 위해 이스의 상징이 되어달라는 것이었다고 한다.

절대로 인정하기는 싫지만, 이유로는 납득이 가는 범주였다.

그렇다면 시실리를 납치한 후에는 그 말대로 민중에 선보이거나 절대로 눈에 띄지 않게 감금하는 수밖에 없었다.

전자의 경우는 범인이 이스였다고 자백하는 꼴이고, 후자의 경우도 우리의 능력을 생각하면 찾아낼 가능성은 얼마든지 있었다.

그야말로 하이 리스크 노 리턴이나 다를 바 없는 상황.

설마 일국의 사절단 대표가 과연 그런 어리석은 짓을 저지를까?

어두운 방에서 혼자 색적 마법을 쓰고 있으려니 자꾸 그런 생각만 들었다.

그렇게 잠시 후 날짜가 바뀔 무렵.

"?!"

색적 마법에 반응이 느껴졌다.

영빈관 밖에서 문이 아닌 장소를 통해 부지에 들어오려는 자가 있었다.

"진짜냐……."

이걸 위해 경계한 거지만, 설마 진짜로 올 줄은 몰랐다.

습격자였다.

심야에 외국의 왕족이 묵고 있는 영빈관 부지에 담을 넘고 침입하는 건 설령 습격자가 아니라도 중죄다.

나는 그 너무나도 생각 없는 행동에 어이가 없어 하면서도 습격자들의 동향을 살폈다.

그자들은 창문을 하나씩 확인하고 있는 모양이었다.

습격자들의 부산스러운 움직임은 이윽고 한 지점에서 멈추었다.

시실리의 방이었다.

아마 창문으로 침대 위에서 자는 시실리의 모습을 발견한 것이리라. 여러 사람이 시실리의 침실 창문 앞에 모여 있었다.

……무슨 훔쳐보기냐!

습격자들의 행동이 훔쳐보기 그 자체라 엄청 울컥했다.

나도 아직 시실리가 잠든 모습을 본 적 없는데!

……잠시 분노에 잠겨있자 오픈 채널로 맞춘 시실리의 무선 통신기에서 뭔가가 철컥거리다 드르륵 하는 소리가 들렸다.

……창문을 열었군.

하지만 습격자들의 움직임은 거기서 멈추었다.

창문을 열었는데 안으로 들어가려 하지 않았다.

습격자들도 색적 마법을 쓰고 있을 테니 주위에 사람이 없다는 건 알고 있을 터.

그렇다면 왜……?

……아, 방금 방 안에 뭔가를 던져 넣지 않았나?

아무리 곤히 잠들었어도 납치하려고 들면 분명히 잠에서 깰 터.

그렇다면 깨지 않도록 수면 효과가 있는 약이나 연기를 쓰면…… 움직임으로 봐선 아마 후자이리라.

방에 수면 가스가 꽉 차서 시실리가 더 깊은 잠에 빠지는 걸 기다리는 거다!

큰일이다. 시실리가 습격자의 표적이 된 것만으로도 혈관이 터질 것 같은데 저런 짓거리까지 하는 걸 보니 분노로 이성을 잃을 것만 같았다.

하지만 지금은 아무것도 할 수 없었다.

지금 제압하면 죄를 물을 수 있는 건 불법침입뿐.

시실리를 노린 흑막까지 닿을 수 없었다.

나는 주먹이 새하얗게 변할 정도로 꽉 쥐고 참았다.

그러자 잠시 후 습격자들이 움직이기 시작했다.

무선통신기에서도 창문으로 침입하는 소리가 들렸다.

이젠 괜찮겠지? 응, 괜찮을 거야.

나는 조금 전에 시실리의 방에 들어간 덕분에 연결할 수 있게 된 게이트로 그녀의 방으로 이동했다.

그리고 습격자들에게 말을 걸었다.

"이런 한밤중에 여자 방에 침입하다니, 어디에서 온 놈들이지?"

"헉……!"

입가를 가리는 마스크를 쓰고 있어서 표정은 확실히 보이지 않았지만, 습격자들은 어지간히 놀란 모양이었다.

그야 그렇겠지. 색적 마법에는 아무런 반응도 없었을 테니까.

습격자들의 의식이 이쪽에 쏠린 사이에 나는 침대에 누워 있는 시실리에게 말을 걸었다.

"시실리, 이제 됐어."

"멍청한 놈. 이 수면향 덕분에 푹 잠들어 있건만!"

수면향…… 역시 약을 썼구만?

그딴 걸 쓴 것만으로도 용서할 수 없었다.

"신 군!"

설령 통하지 않았다 해도!

"앗! 말도 안 돼!"

수면제…… 수면 가스라고 했나? 그걸 써서 깰 리 없는 시실리가 일어났다.

그리고 그녀는 당황한 습격자들 사이를 빠져나와 나에게 몸을 던졌다.

나는 그런 시실리를 품에 안으며 목걸이형 마도구를 만들어주길 정말 잘했다고 생각했다.

『독』이 아니라 『이물질』을 배제하게 한 것도 정답이었다.

수면 가스는 독이 아니라 효과가 없었을지도 모르니까 말이다.

처음부터 이런 상황을 가정하고 만든 마도구였지만, 설마 이렇게 빨리 도움이 될 날이 올 줄은 몰랐다.

그럼 이제부터 이 자식들을 어떻게 할지 고민한 순간.

"침입자를 생포해!"

오그의 호령이 들리더니 창문과 문에서 호위병들이 몰려들었다.

남자들은 창문으로 달아나려 했지만, 창밖에도 이미 호위병들이 대기하고 있었던 탓에 남김 없이 포박당하고 말았다.

"자, 그럼…… 이 자식들…… 어떻게 해줄까?"

"기다려, 신. 이 놈들의 자백을 받아내면 여러모로 도움이 될 거다. 먼저 심문부터 하자."

방 안에 가득 찬 수면 가스를 전부 몰아낸 후 생포한 습격자들 앞에서 내가 흉흉한 태도를 보이자 오그가 말렸다.

확실히 이 녀석들이 정말로 이스 소속이라면 큰 국제 문제가 될 테니 교섭을 유리하게 끌어낼 수 있으리라.

머리끝까지 화가 나서 생각이 미치질 못했다.

오그는 그런 내 옆에서 습격자들을 심문하기 시작했다.

"자, 그럼 너희는 왜 클로드를 노린 거지?"

"……."

"너흰 어느 나라 소속이지?"

"……."

"본인의 의사로 저지른 짓인가? 아니면 의뢰였나."

"……."

"침묵인가……."

이 자식들, 지금 건방지게 묵비권을 행사하겠다는 거야?

오그도 처음부터 전부 실토할 거라는 생각은 안 했는지 그다지 아쉬워하는 기색도 없이 잠시 생각에 잠겼다.

아마 이대로 가면 최종적으로는 고문이겠지?

시실리 납치 미수범에게 동정할 여지는 전혀 없지만, 아무래도 시간이 너무 걸리지 않을까?

그렇게 생각한 나는 오그에게 제안했다.

"오그."

그리고 어떤 물건을 오그에게 던졌다.

"앗, 뭐야? 또 목걸이?"

오그는 의아한 얼굴을 했다. 하긴 겉모습은 목걸이지만…….

“대단한 건 아니야. 거기에는『자백』마법을 부여했거든.”

“……그렇군. 이걸 걸면…….”

오그가 그렇게 말하면서 다가가자 우리의 대화를 들은 습격자 중 한 명이 크게 악을 썼다.

“자, 잠깐! 그만둬! 멈춰, 이 자식!”

습격자의 반응에 오그는 씨익 웃었다.

“거짓말도, 묵비권도 쓸 수 없다는 거군.”

참고로 마석도 쓴 상시 발동형이었다.

그건 그렇고…… 방금 좋은 장난감을 손에 넣었다는 표정이었지? ……과연 능구렁이 왕자.

그렇게 오그는 포박당해서 옴짝달싹못하는 습격자 중 한 명의 목에 그 마도구를 걸었다.

그러자 습격자는 마도구 따위에 지지 않겠다는 듯 입술을 굳게 다물었다.

“자, 그럼 다시 묻지. 너희는 어느 나라 출신이지?”

“우, 우리는…….”

“이봐! 멈춰! 말하지 마!”

“우리는…… 이스 신성국의 인간이다…….”

필사적으로 저항하던 습격자가 간단히 실토했다.

자백이라는, 정신에 간섭하는 부여 마법이라 지금까지 한 번도 시험해보지 않은 마도구였다. 그러니 이 심문은 어떤 의미로는 테스트도 겸한 것이었다.

마치 인체 실험 같았지만, 나는 전혀 아프지도 가렵지도 않았다.

시실리를 노린 상대에게 동정할 여지는 없으니까.

실컷 실험대로 써주마.

"역시 그랬군. 그럼 너희는 본인의 의사로 온 건가? 아니면 누구에게 명령을 받은 건가?"

"……며, 명령을 받고…… 왔다."

"누구의 명령이었지?"

"이봐! 그만둬!"

"누가 이 자들의 입을 막도록."

"예!"

조금 전부터 시끄럽게 구는 다른 습격자들에게 재갈을 물렸다.

이제야 좀 조용해졌군.

"그래서? 누구의 명령이었지?"

"……푸, 풀러 대사교."

"풀러 대사교?"

"이번 이스 신성국의 대표다."

"진짜…… 무슨 생각으로 이런?"

이걸로 엄청난 국제 문제가 되는 건 확정이었다.

이쪽이 어떤 요구를 해도 감수할 수밖에 없을 정도의 큰 문제를 일으킨 것이다.

"왜 이런 짓을 저지른 거지? 국제 문제가 될 줄 알았을 텐데?"

그야 당연하겠지. 회담 상대인 나라의 인간을 유괴하다니, 명백하게 국제 문제될 명령을 도대체 왜 실행에 옮긴 거지?

이 녀석들은 그런 황당무계한 명령도 거역할 수 없었던 건가?

하지만 습격자의 입에서 나온 건 우리가 예상도 하지 못한 대답이었다.

"서, 성녀님이…… 악의 마왕에게 사로잡혀서…… 능욕당하고 있다고…… 그녀를 구하는 게 우리의 사명이라는…… 말을 듣고……."

빠직!

……머릿속에서 뭔가가 끊어졌다.

난생 처음 느껴보는 분노에 주위에서 마력이 소용돌이쳤다.

"히익!"

"야, 신! 진정해!"

이 자식들…… 진짜…… 어떻게 해버리지……?

분노에 사로잡혀서 습격자들의 처우를 생각한 순간.

짜악!

시실리가 있는 힘껏 습격자의 뺨을 때렸다.

"아무것도 모르면서 함부로 말하지 마세요! 신 군이 악?! 웃기지 말라구요! 신 군만큼 모두의 안전을! 행복을! 이 세상의 평화를 바라는 사람은 없는데! 그런 신 군을 악이라고 단정 짓고 저에게서 떼놓으려 하는 당신들이야말로 저에게는 악이라구요!"

시실리는 어깨를 들썩이고 눈물을 철철 흘리며 외쳤다.

그 모습을 보고 화가 가라앉은 나는 고마움과 동시에 그녀에 대한 사랑으로 가슴이 터질 것만 같았다.

"시실리……."

"후욱! 후우우우! 으으으!"

나는 어깨를 들썩이는 그녀를 뒤에서 끌어안았다.

"고마워, 시실리. 그렇게 말해줘서…… 기뻐."

"그치만 신 군을! 신 군으을!"

시실리는 몸을 돌리고 내 품속에서 오열했다.

내가 악의 마왕이라 불린 게 분했던 걸까?

나는 흐느끼는 그녀의 등을 쓰다듬으며 상황을 지켜보았다.

그러자 오그가 이쪽을 보면서 습격자에게 물었다.

"너희들, 이 광경을 보고도 클로드가 신에게 사로잡혀있다는 말이 나와? 신을 위해 화를 내고 눈물을 흘리는 모습을 보고도 그런 생각이 들어?"

"……그런 것 같지는 않군. 우리가 속은 건가?"

"그래. 그 풀러 대사교에게 말이지."

"……."

오그의 지적에 습격자들은 매우 분노한 표정을 지었다.

그야 당연하겠지. 세간에서 성녀라 불리는 인물을 속아서 납치할 뻔했으니까 말이다.

"속았다고는 해도 불법침입과 유괴미수 현행범이니 봐줄 수는 없다. 이 일도 포함해서 내일 회담 전에 이스 사절단을 만나볼 필요가 있겠군."

결국 우리는 습격자들을 영빈관에 감시를 세워서 구류, 내일 아침 이스 사절단에 항의와 대표 변경을 요구하기로 했다.

그리고 시실리는…….

"킁…… 히끅…… 흑흑……."

아직도 울음을 그치지 않고 있었다.

"시실리, 이젠 괜찮아. 괜찮으니까."

호위 기사가 침입자들을 연행하고 메이드들이 방을 청소해준 후, 나는 침대 위에 같이 앉은 그녀의 등을 계속 쓰다듬으면서 진정시키려 했다.

"으으~ 신 구운~."

화냈다 울었다 하느라 살짝 유아 퇴행이 일어났다.

여태까지 본 적 없는 방식으로 응석을 부렸다.

"자, 그만 자야지. 응?"

"흐흑, 가지 마아~."

그리고 내 옷 소매를 꽉 쥐더니 놓지 않았다.

"가지 말라니……."

"같이 있어 줘요……."

우느라 퉁퉁 부은 눈으로 그런 말을 하면…… 거절할 수 없잖아!

"아, 알았어. 알았으니까 이만 자자."

"예……."

나는 시실리를 침대에 눕히고 재우려 했다.

"으응, 신 군……."

머리를 계속 쓰다듬어주자 이윽고 울다 지쳤는지 잠이 들었다.

안도의 한숨을 내쉬고 방에서 나가려 했지만, 그제야 시실리가 내 옷을 붙들고 있는 걸 눈치챘다.

어쩌지? 단단히 잡고 있어서 뗄 수가 없었다.

그렇게 고민하고 있자 시실리가 잠꼬대를 중얼거렸다.

"신 군…… 정말 좋아해요……."

그 순간, 나는 그녀의 손을 떼는 걸 포기했다.

오늘 시실리는 날 위해 화내주고, 울어주었다.

다시 고마움과 그녀에 대한 사랑이 가슴을 채우기 시작했다.

"오늘은 고마웠어. 나도 정말 좋아해, 시실리."

나는 그렇게 말하며 그녀의 이마에 키스했다.

"우후후후……."

행복하게 웃는 시실리의 옆에 나도 누웠다.

내일 일어나면…… 아침부터 큰 소동이 벌어지겠군…….

◆

"이건 예상하지 못한 일이로군."

"예, 신 월포드의 약점이라고 생각했던 여자가 설마 폭주를 막을 줄은……."

"아깝지만, 어쩔 수 없지. 그 남자는 이스의 재무를 담당하는 위치였지만, 이번 일로 실각하겠지. 덕분에 이스의 국력은 제법 줄어들지 않을까?"

"……과연 그럴까요? 어쩌면 놈이 실각한 덕분에 재무 상태가 건전해질지도 모릅니다만?"

"……."

"……."

풀러에게 선동당한 호위병들의 습격을 시종일관 감시하던 제스트와 로렌스는 잠시 말없이 서로의 눈을 마주보았다.

"……이번에는 신 월포드의 폭주를 노렸지만 실패. 그걸로 충분하겠지."

"그, 그렇겠죠. 그럼 전 이만 다른 조사에 착수하겠습니다."

그리고 로렌스는 모습을 감추었다.

"정말이지, 늘 내 뜻대로 되는 일이 없군."

그렇게 탄식한 제스트도 스이드 왕국에서 모습을 감추었다.

◆

시실리는 창문 사이로 쬐는 햇살에 눈을 떴다.

어제 언제 잤는지 기억이 나질 않았다.

어젯밤에 무슨 일이 있었는지 기억을 헤집다가 문득 옆을 본 순간…… 잠이 든 신의 모습이 눈에 들어왔다.

"어? 어어?! 신 군?! 어? 어째서?"

무슨 영문인지 자신의 옆에서 자는 신을 보고 혼란에 빠졌다.

그 순간, 별안간 어젯밤에 있었던 일들이 떠올랐다.

어제 신이 부당한 취급을 받는 바람에 자기도 모르게 화가 난 나머지 분해서 엉엉 울었던 것.

그리고 신이 그런 자신을 위로하면서 재워주었던 것을.

자신의 손을 보자 신의 옷을 꽉 움켜잡고 있었다.

밤새 이러고 있었다니…… 대체 얼마나 그를 놓고 싶지 않았던 걸까?

"어, 어어어, 어쩌지?!"

그렇게 허둥지둥하는데 마침 처음으로 보는 신의 잠든 얼굴이 눈에 들어왔다.

몸과 마음을 바쳐서 자신을 지켜준 신.

이 세상에서 가장 믿음직스럽고, 가장 사랑하는 남성.

그런 남성이 옆에서 무방비하게 잠든 얼굴을 보여주고 있었다.

시실리는 그만 넋을 잃고 그 모습을 응시했다.

멍하니 보고 있자 이윽고 몸을 뒤척인 신이 눈을 떴다.

◆

“으……으응…… 어라? 시실리? 왜…….”

잠에서 깨자 눈앞에 시실리가 있었다.

왜 여기에…… 아, 맞아. 어제 시실리가 내 옷을 잡고 놓지 않아서 그대로 잠들었었다.

“……좋은 아침, 시실리.”

“아, 안녕히 주무셨어요. 저, 저기…… 죄송해요. ……제가 옷을 잡아서…… 방에 못 돌아갔던 거죠?”

그렇게 말한 시실리는 아직도 내 옷을 잡고 있었다.

……깨고 다시 잡은 건가?

“아, 아니…… 옷을 벗으면 충분히 갈 수 있었겠지만…….”

“아, 그, 그러네요. 그럼 왜?”

시실리가 의아해하자 나는 솔직한 마음을 전하기로 했다.

“어젯밤에는…… 널 혼자 두고 싶지 않았어.”

“아…….”

“나를 위해 화내주고, 울다 지쳐 잠들 정도로 울어준…… 그런 애가 가지 말아달라고 하면…… 내버려둘 수 있을 리 없잖아?"

"신 군……."

"미안, 혹시 싫었어?"

아무리 약혼자라지만, 같이 잔 건 역시 좀 지나쳤을지도…….

"아! 아뇨! 좀 놀란 것뿐이지 절 위해 같이 있어준 건데 싫었을 리가 없잖아요!"

"시실리……."

다행이다. 조금이라도 싫었다고 했으면 엄청 침울해질 자신이 있었는데.

"그리고…… 아침에 깼더니 신 군이 옆에 있어서…… 엄청 기뻤는걸요."

"……고마워."

"아뇨…… 저야말로……."

부, 부끄러워…….

시실리도 부끄러웠는지 입을 다물었고, 우리는 침대 위에서 말없이 서로의 눈을 바라보았다.

이런 데서 저런 젖은 눈으로 보면…….

우리는 서로 아무 말 없이 얼굴을 가까이 했다.

그리고…….

"안녕, 시실리. 이제 좀 괜……찮……아……?"

시실리를 깨우러 온 마리아가 방에 들어왔다.

어젯밤 시실리의 모습을 보고 걱정했던 거겠지만…… 아

무리 소꿉친구라도 노크는 하자고!

아침부터 침대 위에서 키스하기 직전의 두 사람.

그런 절대로 변명할 수 없는 상황을 목격당하고 말았다.

"아……아…… 미, 미안……."

분명 화 낼 줄 알았는데 마리아는 새빨개진 얼굴로 문을 살며시 닫았다.

우리는 한순간 상황을 파악하지 못하고 굳어 버렸다.

앗, 뜨거! 얼굴이 뜨거워!

얼굴이 새빨갛게 익은 걸 자각할 수 있을 정도였다.

아차! 마리아의 오해를 풀어야지!

"잠깐, 마리아! 아니야! 아직 안 했……."

"앗! 신 군! 안 돼요!"

마리아를 뒤쫓으려는 나를 어째선지 시실리가 말렸지만, 이미 늦었다.

문을 열고 밖으로 나가려던 참이었다.

"어라? 거긴 시실리 방이지? 왜 신 군이…… 아, 아앗?!"

"오오, 월포드 군. 제법이야."

"어, 어라? 앨리스? 린?"

왜 여기에…… 앗, 그러고 보니! 마침 기상 시간이고 여긴 여자 방만 배정된 곳이었다!

"어라~? 월포드 군? 어째서…… 아……아하하…… 저기…… 어젯밤엔 좋은 시간 보냈나 보네~?"

유리까지 그런 말을!

"아니야~!"

으아아! 제 무덤을 파버렸다!

황급히 시실리의 방으로 돌아오자, 그녀는 이불을 둥글게 말아 덮고 있었다.

"미, 미안……"

"그래서 말렸는데! 정말이지!"

내가 시실리의 방에서 잤다는 사실을 눈 깜짝할 사이에 모두에게 들키고 말았다.

◆

아침에 신이 시실리의 방에서 나온 것은 아침 식사 전에 모두가 알게 되었다.

그리고 회담이 시작되기 전에 어젯밤의 습격자를 이스에 넘겨주고 책임 문제를 따질 필요가 있으니 식후에는 바로 영빈관을 나섰다.

이스 신성국 사절단이 묵고 있는 호텔은 비교적 가까운 편이라 얼티밋 매지션즈 전원이 걸어서 가기로 했다.

그래도 나름 거리가 있는 편이라 잡담을 나눌 시간은 있었다. 그러자 당연히 여성진의 화제는 어젯밤의 어른의 계단을 올랐으리라 예상되는 시실리에게 모였다.

"저기, 시실리."

"으응, 왜? 마리아."

"……아팠어?"

"흐에?!"

시실리는 너무나도 직접적인 질문에 굳어버리고 말았다.

하지만 어젯밤의 진상은 울다 지쳐서 잠든 그녀의 옆에서 신이 그냥 잠만 잔 것뿐이라 그런 경험은 아직이었다.

"그, 그러니까! 아직 안 했다니까!"

"거짓말! 그치만 아, 아침부터 키스하려고 했는걸!"

"그, 그건……."

"것 봐! 역시!"

"아, 아니라니까!"

아침에 방에서 나오는 모습이 아니라 침대 위에서 키스하려는 현장을 목격한 마리아는, 시실리가 아무리 부정해도 납득하지 않았다.

그렇게 곤란한 지경에 빠진 시실리를 구원해준 것은 예상 밖의 인물이었다.

"마리아 씨, 시실리 씨는 아마 안 했을 거예요."

"넌 또 어떻게 그런 걸 아는 건데, 올리비아!"

여성진 대부분이 시실리가 첫 경험을 했다고 믿어 의심치 않는 가운데, 올리비아만 그녀의 말을 긍정했다.

"올리비아 씨……."

자신의 말을 믿어주는 그녀에게 감사하고 또 감격했다.

하지만 다음에 이어진 말을 들은 순간, 굳어버리고 말았다.

"그야 시실리 씨는 평범하게 걷고 있는 걸요."

…….

모두의 시선이 올리비아에게 모였다.

"오, 올리비아 씨? 저기, 그게 무슨 뜻이에요?"

"예? 그야 처음 한 후에는 제대로 못 걷지…… 않나……요?"

말하는 도중에 점점 말꼬리가 길어졌다.

마지막 발버둥으로 의문형을 붙여봤지만, 이미 늦었다.

자백이나 다름없었다.

"흐응, 올리비아는 벌써 해봤나 보네."

"굉장해! 이중에서 가장 어른이야!"

"아니! 저기! 아, 아뿔싸!"

자신이 이미 첫 경험을 마쳤다는 것을.

"그, 그런 거예요? 올리비아 씨!"

그런 올리비아에게 가장 적극적으로 반응한 것은 시실리였다.

"예? 아니, 그게……."

"어땠어요?! 역시 아팠나요?! 어느 쪽이 먼저 하자고 했죠?! 어떤 순서로?! 소, 속옷은 어떤……."

"시실리 씨! 좀 진정하세요! 이런 데서 그런 이야기를 할 수 있을 리 없잖아요!"

"앗!"

이렇게 가까운 곳에 벌써 경험한 여자애가 있었다니.

약혼자인 신과 언젠가는 그런 관계가 된다는 건 알고 있지만, 아무래도 처음이라 지식은 전혀 없었다.

대체 어쩌면 좋을지 전혀 짐작도 가지 않았는데 이런 곳에 선구자가 있었을 줄이야!

시실리가 지금까지의 불안을 전부 토해내듯 질문공세를 퍼붓자 올리비아는 때와 장소를 가리라며 나무랐다.

그제야 자신이 잠시 이성을 잃었다는 것을 깨달은 시실리는 목까지 새빨개져서 물러났다.

그 모습을 본 올리비아는 쓴웃음을 짓고 말했다.

"시실리 씨는 정말로 월포드 군을 좋아하나 보네요."

"하윽……."

"뭐 어때~. 좋아하는 사람이랑~ 그런 관계가 되고 싶어 하는 건~ 자연스러운 일이잖아~."

유리도 그런 시실리를 격려했다.

"유리 씨……."

다정한 위로에 시선을 돌렸지만, 그런 유리의 말에서도 왠지 모를 위화감이 느껴졌다.

"혹시…… 유리 씨도?"

그런 관계가 되고 싶어 한다는 건…… 유리도 그런 생각을 한 적이 있다는 뜻이리라.

아직 경험 여부는 확실하지 않지만, 적어도 예전에 그런 상대가 있었다는 건 틀림없는 듯했다.

"아, 역시 그런가요? 저도 줄곧 그렇지 않을까 싶었는데."

아무래도 올리비아는 유리도 그쪽 경험이 있는 게 아닐까 의심했었던 모양이다.

"후훗. 비·밀."

하지만 유리를 윙크하면서 시치미를 뗐다.

"아앗! 치사해요! 유리 씨!"

"으응? 그치만 넌 자폭이었잖아~?"

"윽!"

인기 식당의 간판 점원이자, 얼티밋 매지션즈 멤버 중 항상 자신을 일반인이라고 자칭하던 올리비아는 사실 중요한 순간마다 실수를 저지르는 얼빠진 구석이 있는 소녀였다.

"후훗. 이건 역시~ 경험 풍부한 올리비아 씨에게 여러모로 배워둬야겠네~."

유리는 자못 즐거운 얼굴로 올리비아를 놀렸다.

"오, 올리비아 씨! 언제 경험하신 거예요? 마크 씨네 집과 올리비아 씨네 집 중 어느 쪽…… 앗! 설마 휴게소……."

"마크네 집이었어요! 휴게소 같은 덴 가본 적도 없다구요!"

휴게소란 숙박도 가능하지만, 기본적으로는 일정 시간만 방을 빌리는 이른바 러브호텔을 가리키는 말이었다.

얼굴이 새빨개진 시실리가 필사적으로 질문을 던지는 바

람에 또 자폭하고 만 것이다.

"흐응~ 그랬구나. 빈 군네 집이었어~."

그러자 바로 유리가 추격타를 가했다.

"유도신문이라니! 치사해요!"

"그냥 자폭이었으면서~."

"그, 그럼 요전에 무선 통신기를 받은 다음 날 그건……."

"아, 그러고 보니~ 그래서~? 그때는 누구 집이었어~?"

얼마 전에 신이 무선 통신기 테스트를 의뢰했을 때, 마크와 올리비아가 동시에 수면 부족 증세를 보인 적이 있었다.

아마 다들 대충 짐작했지만, 추궁할 타이밍을 놓치는 바람에 지금까지 묻지 못하고 있었다.

하지만 지금 절호의 기회가 온 것이다.

"이, 이제 아무 말도 안 할 거에요!"

"예에?! 그런!"

"어라~? 너무 괴롭혔나~?"

"이젠 몰라욧!"

"올리비아 씨~!"

그런 경험 완료, 아마도 경험 완료, 경험 예정의 세 소녀가 사이좋게 수다를 떠는 뒤에서는…….

"칫…… 리얼충들이 또……."

"그런 예정이 완전히 백지인 건 우리뿐이야?!"

"난 딱히 문제없는데."

눈앞에서 벌어지는 광경에 마리아가 황폐해진 눈으로 혀를 찼고, 앨리스는 현재 자신들의 예정에 남친이 들어올 가능성이 전혀 없다는 사실에 위기를 느꼈고, 린은 평소와 다름없는 반응이었다.

““젠장~! 남친 플리즈~!””

“난 아무래도 좋아.”

““아무래도 좋을 리가 없잖아!””

오늘도 마리아와 앨리스는 절찬 남친 모집 중이었다.

◆

“오해라고…….”

어젯밤의 습격자들을 데리고 이스 신성국 사절단의 숙박시설로 가는 도중에 나는 필사적으로 오해를 풀려 했다.

“뭐가? 딱히 상관없잖아. 이젠 둘 다 성인이고 약혼자이기도 하니까 딱히 부자연스러운 일도 아니건만.”

“그건 그렇지만! 그런 게 아니라고!”

“저도 상관없다고 생각합니다만, 그런 건 때와 장소를 가려주시면…….”

“그러니까! 이런 상황에서 그런 짓을 할 리 없잖아!”

하지만 오그와 토르는 전혀 믿어주지 않았다.

약혼까지 한 데다 그 마도구도 있으니 우리가 그런 일을 하는 건 딱히 이상하지도 않고 부자연스러운 일도 아닌 건 사실이었다.

하지만 중요한 회담이 있는 이런 시기에 멤버들이 다 같이 묵고 있는 숙박시설에서 그런 짓을 할 정도로 상식이 없지는 않다고!

"딱히 했든 말든 아무래도 상관없잖아. 그보다, 도착했다."

틀렸다. ……이미 다들 우리가 관계를 가졌다고 인식했고 그 사실을 평범하게 받아들이고 있었다.

더는…… 돌이킬 수 없는 건가?

"후훗, 잘됐네. 신. 어때? 세상이 달라 보이지?"

"그렇습다. 처음 한 후에는 그런 느낌임다."

정말로 한 거라면 토니와 마크의 축복도 기쁘게 들리고 공감도 했겠지만, 지금은 전혀 기쁘지 않았고 도통 공감이 가질 않았다.

"그러니까 아니래도……. 아무것도 안 했는데 다르게 보일 리가…… 아니, 그보다 마크. 역시 너……."

"아, 실수했습다."

이 자식, 결국 자폭했구나.

얼마 전의 수면 부족은 역시 긴 통화 때문이 아니라…….

"신, 너도 같이 가자. 그리고 클로드도."

"응? 아, 그래……."

"아, 예!"

또 마크를 추궁하지 못했다.

내가 무슨 짓을 저지를 때는 늘 태클이 걸리는데 왜 내가 태클을 걸려고 하면 방해가 들어오는 걸까?

그 사실을 의아하게 여기고 있자 마침 시실리가 이쪽으로 다가왔다.

난 오해를 풀려고 필사적이었는데 여자애들은 즐거워 보였다.

너무 필사적이어서 무슨 대화를 나눴는지 전혀 못 들었지만 말이다.

시실리는 내 옆에 나란히 서더니 약간 빨개진 뺨을 부풀리면서 이쪽을 노려보았다.

우와…… 귀여워…….

"정말이지, 다들 오해해 버렸잖아요."

"미안……."

"모처럼…… 둘만의 비밀로 하고 싶었는데……."

"어? 아…… 미안……."

"……에휴."

그랬구나……. 둘만의 비밀이었나. 이거 참 미안한 짓을 했다.

……마리아가 보긴 했는데 말이지.

"이봐, 이제 곧 사절단을 만날 거다. 이런 데서 꽁냥거리지 마."

"아, 미안."

"죄, 죄송합니다!"

오그에게 지적을 받은 나는 그제야 여기에 온 목적을 떠올렸다.

그래, 이 녀석들이 어젯밤에 시실리를…….

그러자 또 화가 나기 시작했다.

오그는 현관 앞에 있는 스이드 왕국의 경비병에게 이스 신성국의 사람을 불러달라고 하기 위해 말을 걸었다.

"알스하이드 왕국 왕태자 아우구스트 폰 알스하이드다. 이스 신성국에 용건이 있다. 대표가 아닌 자를 불러오도록."

"아, 아우구스트 전하? 어째서 여기에?"

"용건이 있다고 말했을 텐데? 아무나 지위가 높은 자를 불러오도록. 다만, 대표가 아닌 자로."

"대, 대표가 아닌 사람…… 말씀이십니까? 그건 또 왜……."

"지금 이유를 밝힐 수는 없다. 어서 해."

"아, 알겠습니다."

이윽고 나온 건 사람이 좋아보이는 초로의 신자였다.

"아우구스트 전하! 이런 이른 시간에 저희를 찾아오시다니, 대체 무슨 용건이신지요."

온화하지만, 이런 이른 시간에 사전 약속도 없이 찾아온 것을 책망하는 말투였다.

"음, 일단 이 자들을 봐다오."
오그는 그렇게 말하며 어젯밤의 습격자들을 앞에 세웠다.
당연히 그들은 포박당한 상태였다.
"앗?! 너희들은?!"
"사, 사교님……."
사교님이라. 그렇다는 건 꽤 높은 사람……인가?
창신교의 신자 서열 같은 건 잘 몰라서 그런 생각을 하고 있자 오그가 이야기를 계속 진행했다.
"이 자들은 이스의 인간이 틀림없나 보군?"
"그건 그렇습니다만…… 대체 왜 이런 처우를? 이들이 대체 무슨 짓을 했다는 거죠? 이들은 창신교의 경건한 신도입니다. 사정에 따라선 이 일을 크게 문제 삼을 수도 있습니다만?"
이 사람은 관계없겠지만…… 그런 짓을 당한 후에 이런 말투를 들으니…… 아, 젠장. 왠지 열 받기 시작하네.
"호오, 문제 삼겠다고? 그거 참 고마운 일이로군."
"뭐, 뭐라고요?"
사교는 영문을 몰라 어리둥절한 표정을 지었다.
사교 씨, 이 경우에 문제가 되는 건 오히려 당신들이라고요.
"우리 알스하이드에 민중들이 성녀라 부르는 소녀가 있다는 건 알고 있나?"
"그야 물론이지요. 전장에 나와 목숨을 걸고 마인을 해치우는 것으로 백성들을 지키고 다친 사람이면 신분을 가릴 것 없이 무상으로 치료해주는, 그야말로 창신교의 가르침이 현세에 체현한 듯한 여성이라고 들었습니다만."

괭장한 소문이네. 뭐, 틀린 건 아니지만.

옆에서 듣고 있던 시실리는 얼굴이 빨개져서 고개를 숙였다.

이해해……. 남이 자기 칭찬을 하는 걸 듣는 건 의외로 부끄럽거든…….

"이 자들은 어젯밤 우리 알스하이드 왕국의 숙박시설에 침입해서 그 성녀를 납치하려 했기에 이렇게 포박된 거다."

"예?! 뭐라고요?!"

"현행범으로 잡혔지. 자백도 받았으니 틀림없다."

"그런…… 어째서…… 어째서 그런 끔찍한 짓을……."

설마 이 녀석들이 그런 위험한 짓을 저질렀을 줄은 상상도 못 했던 것이리라.

"그건 그렇고 이번 일을 문제 삼겠다고 했지? 세계의 명운을 건 회담 중에, 그 상대국의 중요인물을 유괴하려고 했는데…… 자, 이게 과연 어떤 식으로 문제가 될 것 같나?"

"그……그건……."

사교라 불린 신자가 다리를, 아니. 몸 전체를 떨었다.

이런 터무니없는 짓을 저지른 자들에 대한 분노와 앞으로 이스 신성국이 겪을 일을 생각하면 떨림이 멈추지 않는 거겠지.

진짜…… 잘도 이런 짓을 저질렀구나 싶었다.

"흐음…… 조금 지나치게 괴롭혔나."

"자각이 있으면 멈추라고……."

"뭐야, 넌 분하지 않은 거냐?"

"그야 분하고 화가 나서 견딜 수 없지만, 이 사람은 관계없잖아?"

"그건 그렇군. 아무튼 지금 귀공들이 처한 상황은 이해했나?"

"예……."

힘없이 고개를 숙인 사교는 기운 없는 목소리로 대답했다.

"그렇다면 너. 누가 명령했는지 알려주도록."

그러자 오그는 포박당한 습격자에게 이번 사건의 흑막을 밝히라 일렀다.

"……풀러 대사교……."

"뭐……?"

"풀러 대사교에 거짓말에 속아 넘어가서 이런 당치도 않은 짓을 저지르고 말았습니다……."

습격자의 증언에 사교는 한순간 넋을 잃었다.

하지만 곧 마음을 다잡고 약간 분노가 담긴 목소리로 물었다.

"거짓말? 대체 어떤 거짓말이었길래?"

"성녀님이…… 마왕이라 불리는 악당에게 붙잡혀서 능욕

당하고 있으니…… 그 분을 구출하는 것이야말로 저희의 사명이라고…….”

“말도 안 돼! 얼티밋 매지션즈의 마왕님과 성녀님은 무척 사이가 좋은 약혼자로 세간에 정평이 나 있지 않습니까!”

그랬어?! 난 지금 처음 들었는데?!

“그것도…… 마왕이 세상을 기만하기 위해 흘린 소문이라고 해서…….”

“세상에…… 세상에 이런 어리석은 짓을!”

정말로 어리석기 짝이 없었다.

그런 명령을 내린 쪽도, 받아들인 쪽도.

“하오나…… 실제로는 소문대로…… 아니, 소문 이상으로 서로를 깊이 사랑하신다는 걸 알게 되었습니다. 저희는…… 저희는 자칫하면 돌이킬 수 없는 짓을…….”

습격자들은 고개를 떨군 채 눈물을 글썽이며 반성했다.

경건한 신도라는 건 사실인가 보다. 뭐, 좀 지나친 감이 있지만.

“자, 그럼 그 풀러 대사교 말인데…… 설마 이런 짓을 저질렀는데 아직도 대표로 회담에 참석시킬 생각은 아니겠지?”

“그야 당연히…… 당신! 방에 가서 그 돼지를 꽁꽁 묶어서 끌고 오십시오! 어차피 지금도 늘어지게 잠이나 처자고 있을 테니까!”

“알겠습니다!”

우와아…… 착해 보이는 신자가 사람에게 대놓고 돼지라니…….

"아……! 부끄러운 꼴을 보여서 죄송합니다……."

"아니…… 귀공들도 그 대사교 때문에 고생이 많았던 모양이군."

"예…… 그 남자는 지위만 대사교일 뿐 결코 성직자 같은 게 아닙니다. 탐욕과 색욕에 빠져서 늘 잠이나 실컷 처자는 터무니없는 파계승이지요!"

인간의 삼대욕구를 아주 실컷 누리고 있구만.

그야 성실한 신도의 입장에선 돼지라 부르고 싶을 만한 것 같다.

"그 남자는 창신교를 자신의 욕구를 채우기 위한 도구로밖에 보지 않습니다! 대체 지금까지 얼마나 많은 여자가 그자의 마수에 당했는지……."

진짜?! 정말 터무니없는 놈이었잖아!

"거기까지 알면서 왜 놈을 내버려둔 거지?"

"확실히 신자로서는 최악의 인간이지만…… 자금 운용 능력이 뛰어나서 이스 신성국의 재무를 대부분 장악하고 있다 보니……."

"손을 대지 못하고 있었던 거군."

"예……."

창신교는 종교 단체지만, 이스 신성국은 나라라 국가 운

용자금을 담당하는 인간에게 섣불리 손을 댈 수 없었다는 뜻이리라.

"하지만 그것도 오늘까지입니다. 이런 당치도 않은…… 하마터면 이스 신성국이 없어질지도 모르는 대형 사고를 저질렀으니 극형도 충분히 가능할 겁니다."

"정말로 괜찮겠나? 또 권력을 써서 모면하는 건 아니겠지?"

"이스 신성국에도 성녀님의 명성은 널리 퍼졌습니다. 특히 교황 예하께선 과거에 성녀라고 불리신 적이 있다 보니 성녀님께 큰 관심을 기울이고 계시지요. 그런 성녀님께 마수를 뻗쳤다는 사실이 알려진다면…… 국민도, 교황 예하께서도 결코 용서하지 않으실 겁니다."

"그런가. 그럼 문제없겠군."

흐응, 창신교의 교황은 여자였나 보네.

자신도 예전에 성녀라 불린 적이 있어서 시실리에게 관심을 기울이고 있다고?

그런 생각을 곱씹고 있자 호텔 2층에서 고함이 들리기 시작했다.

"네 이놈들! 이게 대체 무슨 행패냐! 대사교인 이 몸에게 이런 무례한 짓을! 이거 놔!"

이건…… 사교가 돼지라고 말한 것도 납득이 갔다.

성직자답지 않은 비대한 체구의 남자가 호위로 따라온 병사들에게 포박된 채 질질 끌려오고 있었다.

"이게 무슨 짓이냐! 마키나 사교! 나에게 이런 짓을 하고 무사히 넘어갈 수 있을 것 같아?!"

"닥쳐! 이 대죄인!"

우와, 겉모습에서는 상상도 할 수 없는 박력 넘치는 고함이었다.

"지금까지 참았지만, 이젠 한계다! 하필이면 성녀님을 납치하려 들다니! 그것도 이 세계의 명운을 건 회담 중에! 네놈은 이스 신성국을 멸망시킬 셈이냐?!"

"대, 대체 무슨 소릴……."

"여기 있는 자가 전부 실토했다. 네놈에게 속아서 성녀님을 납치하러 갔었다고! 그리고 실패해서 현행범으로 잡혔다고! 이런데도 변명이 통할 것 같은가!"

"나, 날조다! 나를 몰락시키려는 알스하이드 왕국의 음모다!"

"네놈…… 이제 와서 아직도 그런 소리를 하는 거냐!"

"호오…… 이 남자들이 성녀의 방에 침입한 것을 우리가 목격해서 현행범으로 포박했는데, 지금 그것도 날조라는 건가?"

"그, 그래! 알스하이드 왕국의 날 몰락시키려는 수작이야!"

저 자식…… 파계승 이전에 인간으로서도 최악이군. ……젠장, 또 머리에 피가 솟기 시작했다.

"……분명…… 풀러 대사교는 이스 신성국의 대표였지. 즉, 교황의 대리인이라는 거다."

"그 말대로다! 난 교황 예하의 대리인! 이런 무례한 짓이

용서받을 수 있을 것 같으냐!"
설마…… 대리인의 뜻도 모르는 건가?
물론 신자들은 아는지 안색이 새파랗게 질려 있었다.
"교황의 대리인이라면…… 풀러 대사교의 말은 곧 교황이 한 말이나 다름없다는 뜻이겠지?"
"그게 뭐!"
"즉…… 이스 신성국은 조금 전부터 우리 알스하이드 왕국이 무고한 사람에게 누명의 씌우는 나라라고…… 그렇게 모욕한 셈이겠군?"
"아, 아니…… 그런 의도는……."
"대리인이라는 건 그런 존재다. 그리고 알스하이드에 있는 성녀까지 납치하려 했지. 다시 말해 이건…… 창신교의 총본산인 이스 신성국은 알스하이드에 적대 행동을 취했다고 받아들여도 괜찮겠나?"
"당치도 않습니다! 이 남자는 타국의 중요인물을 유괴하려 한 대죄인! 결코 교황 예하의 대리인 같은 게 아닙니다!"
"뭐?! 마키나! 너!"
"이스 신성국 사절단의 차석으로서 대표의 파면을 요구한다! 이의 있는 자는 앞으로 나오라!"
마키나 사교의 선언에 아무도 반론을 제기하지 않았다.
"사절단 전원의 찬성을 얻었으므로 아멘 풀러를 대표에서 해임하고 차석인 내가 그 자리를 대행하겠다! 첫 명령이다.

이자를 포박해서 본국으로 압송하라!"

""""예!""""

"마키나! 네 이노오오오옴!"

풀러 대사교는 그렇게 신전 병사들에게 끌려가고 말았다.

……이스 신성국의 어두운 부분을 목격했군.

"보시다시피 풀러를 대표의 자리에서 해임하고 제가 대행을 맡겠습니다. 괜찮으시겠습니까?"

"그래, 상관없다. 하지만 풀러 덕분에 빚이 생겼다는 건 알고 있겠지?"

"예……. 나 원 참…… 이런 터무니없는 짓을……."

마키나 씨라고 불린 사교가 작은 목소리로 투덜거렸다.

저 대사교 때문에 회담을 완전히 마이너스 지점부터 시작하게 됐으니 이해는 갔다.

"그럼 난 이대로 회담장으로 가지. 너희는 자유롭게 행동을 취해도 좋다."

"우린…… 뭐 하러 온 거야?"

"글쎄? 견학 아닐까?"

마리아와 토니가 자신들의 존재 의의에 의문을 표시했다.

그러고 보니 나와 시실리도 한 마디도 안했다. 진짜 뭐 하러 온 거지?

다들 그런 대화를 나누는 도중에 마키나 사교가 말을 걸었다.

"실례합니다. 마왕 신 월포드 님과 성녀 시실리 폰 클로드 님이시지요?"

마키나 사교의 뒤에는 이스 신성국의 사절단도 모여 있었다.

"그런데요."

"성녀라니……."

시실리는 창신교의 총본산인 이스의 사교에게 성녀라 불린 게 황송스러웠는지 빨개지기보다 위축되었다.

"이번에는! 진심으로! 죄송했습니다!"

그렇게 외친 마키나 사교 이하, 이스 신성국 사절단 전원이 일제히 바닥에 엎드려 사죄했다.

우와아…… 이렇게 많은 사람이 동시에 엎드려 절하는 걸 보니 부담감이 장난 아닌걸…….

"세계를 구할 영웅인 마왕님과 민중의 희망의 빛인 성녀님께 터무니없는 무례를 저지르고 말았습니다. 결코 용서받을 수 있는 일은 아니나, 부디! 부디 용서를!"

전원 그 자세로 미동조차 하지 않았다.

이거야 원, 내가 뭔가 말하지 않으면 수습되지 않을 것 같다.

"……하아, 알았어요. 사죄를 받아들이죠."

"오오! 고마우신 말씀입니다!"

"알스하이드 대성당에서 식을 올릴 예정이니…… 사실은 창신교 분들과 다투고 싶진 않았거든요."

"감사합니다! 그럼 용서를 받은 감사의 증거로 제가 교황 예하께 진언을 드리지요! 부디 예하께서 성녀님과 마왕님의 혼례를 주관해 달라고!"

…….

………….

뭐어어어어어어?!

창신교의 교황이 직접 결혼식을 주관?!

이 사람, 지금 대체 무슨 소리를 하는 거야?!

"오오! 그거 참 좋은 생각이군요! 마키나 사교!"

"예하께선 성녀님께 많은 관심을 기울이고 계셨으니까요. 기쁘게 받아들여주시지 않을까요?!"

"그렇지? 이건 꼭 말씀을 올려야겠군!"

왜 다른 신자들도 그렇게 기뻐하는 건데?!

그리고 마키나 사교는 또 왜 그렇게 의기양양한 얼굴인 거냐고!

"잠깐! 잠깐만요! 이야기를 마음대로 진행하지 말라고요!"

"그럼 마키나 사교! 제가 먼저 본국에 돌아가서 예하께 진언하겠습니다!"

"음! 부탁하마!"

"예!"
"그러니까 좀 기다리래도!"
죄인은 내버려두고 먼저 돌아가면 어쩔 건데!
"이거 참 굉장한 일이 됐군. 교황 예하가 너희 결혼식을 주관하는 건가."
"대형 사고잖아! 널 제쳐두고 우리가 이런 결혼식을 올리면……."
"흠, 그것도 그런가."
"그치?! 역시 거절……."
"그럼 같이 식을 올리는 건 어때? 에리는 원래 그럴 생각이었던 모양인데."
"도망칠 구실을 원천 차단하지 말라고!"
왕태자랑 동시라면 다들 납득해버리잖아!
"포기해. 그리고……."
"뭔데?"
"클로드와 에리도 기뻐할 것 같지 않나?"
그러고 보니 시실리는 계속 입을 다물고 있었다.
표정을 살피자…….
"알스하이드 대성당에서…… 교황 예하가 주관하시는 결혼식…… 꿈? 이건 꿈?"
왠지 넋을 놓고 있었다.
이런 반응을 보면…… 당연히 거절할 수 없잖아…….

◆

이스 신성국 사절단의 숙박시설에서 한차례 소동이 끝난 후, 거기서 신 일행과 헤어진 아우구스트와 마키나 사교는 그대로 회담장소인 레스토랑으로 이동했다.

개별실에는 이미 엘스의 나바르 외교관이 도착해 있었다.

그의 눈에는 생긴 다크서클을 보아하니 아무래도 어제 아우구스트가 언급한 전후의 이익이 뭔지 고민하느라 날을 샌 듯 했다.

"……안녕하십니까, 아우구스트 전하. 그쪽 분은?"

"아, 그래. 풀러 대사교대신 대표가 된 마키나 사교다."

"처음 뵙는군요, 이스의 대표분. 저는 하밀 마키나. 직위는 사교입니다. 아무쪼록 잘 부탁드립니다."

"정중한 인사에 감사드립니다. 저는 우사마 나바르라고 합니다. 그런데 풀러 대사교는 어떻게 된 거죠? 대표가 바뀌다니…… 이건 보통 일이 아니지 않습니까."

"예, 뭐…… 문제를 좀 일으켜서 본국으로 강제 송환하고…… 제가 대행을 맡게 됐습니다."

"문제라…… 어떤 문제인지는 알려주실 수 없는 거겠죠?"

"예, 죄송하지만……."

"그런가요……. 그렇게 말씀하신다면 어쩔 수 없군요. ……

그럼 오늘 회담을 시작해볼까요?"

"나도 그러고 싶은 참이다만…… 아직 아침을 들지 않아서 그런데 먼저 식사 좀 해도 괜찮겠나?"

"하아…… 또인가요?"

"나와 마키나 사교는 아침부터 바빴거든. 나바르 외교관은?"

"저만 혼자 기다리기도 뭣하니 저도 함께 들죠."

결국 어제처럼 아침식사부터 시작하기로 했다.

어제와 다른 건 이스 대표가 풀러가 아니라는 것.

그리고 마키나의 식사량이 풀러에 비해 훨씬 적다는 것이었다.

"마키나 사교……셨던가요? 그런 양으로 충분하시겠습니까?"

"예. 창신교의 신자는 필요 이상으로 영양을 섭취하지 않으니까요. 최소한의 빵과 수프. 그리고 남은 음식은 백성에게 나눠주라는 가르침을 받았습니다."

"어제 본 풀러 대사교와는 전혀 다르시군요. 그건 그렇고…… 정말 우리나라와는 정반대네요. 우리는 부(富)야말로 정의라고 여기니까요."

"엘스의 상인들에게는 언젠가 이 말씀을 꼭 드리고 싶었습니다. 그렇게 이익만 추구하다간 다방면으로 적을 만들고 언젠가 몸을 망치는 법. 그렇게 되기 전에 행동을 개선하시는 편이 낫지 않을까요?"

"……참말로…… 창신교의 신자라는 건 다들 똑같은 말만

하는군요. ……유감이지만, 엘스는 자본주의국가입니다. 멍하니 있다간 눈 깜짝할 사이에 항문에 난 털까지 모조리 뜯겨버릴 테니 이제 와서 멈춰설 수는 없는 노릇이죠."

"하, 항문……."

"비유입니다만."

"아, 알고 있습니다."

이스의 신자가 엘스의 상인을 나무라고, 엘스의 상인이 반발하는 이 세상 어디에서나 볼 수 있는 광경이 펼쳐졌다.

"자, 그럼 말도 터놓은 것 같으니 슬슬 본론으로 들어가지."

"그럽시다."

"예. 그런데 어제는 어떤 대화를 나누신 겁니까? 풀러가 오자마자 방에 틀어박히는 바람에 전 아직 아무런 보고도 받지 못했습니다만."

"그랬군. 어제는……."

아우구스트는 어제의 회담 내용을 전했다.

그러자…….

"이렇게…… 이렇게 부끄러울 수가……."

"저도 어제는 억수로 좌절했지 뭡니까……."

"그래서? 이젠 전후의 이익이 뭔지 좀 알겠나?"

"그야 뭐…… 솔직히 우째서 눈치채지 못한 건지…… 저 자신이 한심스러울 정도였죠."

나바르는 이번 소동이 끝난 후, 각국에 어떤 이익이 있을

지 이제야 겨우 깨달은 모양이었다.

"그 전에 질문이 있습니다만…… 옛 제국령은 지금 어떤 상태인가요?"

"제도가 함락된 건 확인했다. 황제가 살해당한 것도. 그리고 도시 몇 개의 주민이 전멸한 것도 확인했지. 전부는 아니다만……."

"벌써 시간이 이렇게 지났으니…… 다른 도시도 비슷한 꼴을 당한 건……."

"아마 그렇겠지."

"그렇다는 건…… 제국 전토의 수십만에 달하는 인간이……."

"……유감스럽지만……."

"이거 참…… 참말로 터무니없는 상황이었군요."

"오오, 주여……. 부디 그들에게 안식을……."

정찰로 확인된 도시는 전멸…… 아니, 모든 주민이 남김없이 몰살당한 상태였다.

이런 참극이 제국령 전토에서 이루어졌다면…… 이미 제국에는 인간이 남지 않은 상태라 추측할 수 있었다.

그 상상을 초월한 수의 희생자에 나바르는 경악할 수밖에 없었고 마키나는 기도를 올렸다.

"마인들의 의도를 파악하지 못한 게 가장 큰 문제였다. 제국을 지배하려는가 싶더니 그 지배해야할 백성을 몰살시키더군. 설마 그런 행동을 저지를지 예상도 못 한 바람에 죄

없는 제국민들이 몰살당하도록 내버려둔 건 뼈아픈 실책이었다."

"그건…… 어쩔 수 없는 일이 아닙니까. 설마 지배가 아니라 몰살시켜버릴 줄은…… 저도 제 귀를 의심했을 정도니까요."

"이런 말씀을 드리긴 좀 뭣하지만…… 그 덕분에 저희에게도 이익이 생긴다는…… 그런 말씀이시겠죠?"

아우구스트는 고개를 끄덕였다.

"흠, 눈치챈 모양이군."

"예, 아무래도 규모가 너무 커서 이해의 범주를 초월하는 바람에 이제껏 눈치채지 못했던 것 같습니다."

"그게 무슨 말씀입니까? 규모가 너무 크다니?"

"……창신교의 성직자 앞에서 할 말은 아닐지도 모르겠다만…… 지금 옛 제국령에 있는 건 뭐지?"

"그야…… 마인 집단이 아닙니까? 그리고 주변국들에도 흘러넘칠 정도의 마물……."

그 순간, 마키나도 눈치챘다.

"그래 현재의 옛 제국령…… 아니, 이제는 『마인령』이라 부르도록 하지. 거기에 있는 건 마인과 마물…… 그뿐이다."

이제 제국민은 아무도 없었다.

"우리가 마인을 토벌하고 마물도 어느 정도 쓸어버린다면…… 그 뒤에 남는 건 뭐지?"

"아무도…… 아무도 지배하지 않는 광대한 토지……."

"그 토지는 주변국에 균등하게 배분할 예정이다. 엘스와 이스는 무리겠지만, 그건 양해를 바라고 싶군."

"그야 뭐…… 우리나라는 제국과 국경을 접하지 않았으니 어쩔 수 없는 노릇이겠죠."

"그렇다면…… 우리의 이익이라는 건?"

마키나의 질문에 아우구스트는 그제야 본론을 꺼냈다.

"토지를 분배한다고 해도 거기에 사람이 정착하고 생산 활동을 하지 않으면 당연히 아무런 의미도 없겠지."

나바르가 이젠 안다는 것처럼, 마키나는 납득한 듯 고개를 주억였다.

"인간이 생산 활동을 하려면 당연히 그 인간이 생활하기 위한 시설과 설비가 필요해져."

아우구스트가 차근차근 설명하는 동안 나바르와 마키나는 끼어들지 않고 가만히 그의 입을 응시했다.

"원래 있었던 도시들이 어떻게 된지는 모르겠다만, 아마 상당한 부흥작업이 필요하겠지. 그 작업을……."

아우구스트는 나바르에게 시선을 돌렸다.

"엘스에 일임하겠다는 각국의 승낙을 받아냈다."

그 말을 듣는 순간, 나바르는 온 몸에 소름이 돋는 것을 느꼈다.

"자재 조달부터 건설까지 전부 맡길 생각이다. 발주자는 알스하이드를 비롯한 각국. 발주를 받는 쪽은 엘스의 상회로."

"그건…… 그야말로 터무니없는 대사업이군요……."

"어때? 영토를 분배해줄 수는 없다만, 엘스에도 충분한 이득이 있겠지? 사실 발주를 받는 상회는 입찰로 정할 예정이다만."

"……이런 제안을 거절할 수는 없죠. 알겠습니다. 장래의 이익을 위해 당장의 부흥자금은 저희가 대도록 합죠."

"그런가, 고맙군. 잘 부탁한다."

"저야말로 잘 부탁드립니다."

"그리고 이스 말인데."

지금까지는 엘스의 이익에 관한 이야기뿐이었지만, 이번에는 화제가 이스 쪽으로 넘어갔다.

"옛 제국에서 창신교는 어떤 상황이었지?"

그러자 마키나의 얼굴에 불쾌한 기색이 드러냈다.

"솔직히 전 그들을 같은 창신교의 교도라 인정할 수 없습니다."

"하긴 그렇겠지. 나도 그렇다고 들었다."

창신교는 세계 유일교지만, 그렇다고 해서 교의의 해석까지 전부 같은 건 아니었다.

가장 넓게 퍼진 교의는 몇 가지의 계율을 지키는 것으로 선행을 쌓아서 창조신의 곁으로 인도받는 것.

그 결과, 계율로 이 세계의 선악을 구별했고, 각국은 그 선악의 기준에 따라 법을 제정했다.

하지만 종교라는 건 지역과 환경에 따라 종파라는 게 발생하는 법이다.

총본산에서는 남녀를 불문한 모두가 신의 『자식』라는 해석을 따르므로 신자는 결혼을 해도 좋고 신의 자식이 늘어나는 출산도 인정되고 있었다.

물론 풀러처럼 자신의 욕망을 위한 행위는 계율로 금지되었다.

한편, 지역에 따라서는 신에게 몸을 바친 자가 신자라는 해석도 있어서 결혼을 포함한 성행위 전반을 금지하는 종파도 있었다.

그런 가운데 옛 제국에서의 창신교가 어떤 상황이었느냐 하면…….

"제국의 교회는…… 우리는 신의 자식이며 신을 우리를 지켜보고 계신다. 따라서 자신의 행동을 솔직하게 보고하고 교회에 기부하면 그 행동을 전부 용서받는다는…… 그런 터무니없는 가르침을 설파하고 있었습니다."

"그건…… 아무리 나쁜 짓을 해도 정직하게 밝히고 돈만 내면 용서받는다는 소리나 마찬가지 아닙니까."

"실제로 그랬다더군. 다만, 그러려면 기부가 필요하니까 가난한 평민 사이에서는 거의 침투되지 않은 모양이다만."

"그 탓에 귀족들은 무슨 짓을 해도 신에게 용서받는다고 착각하고 평민들을 학대하게 된 겁니다. 참으로…… 믿을 수 없는 일이지요."

참회가 아닌 『보고』.

그래서 제국 귀족들은 평민에게 아무리 가혹한 짓을 해도 죄의식을 느끼지 않게 되었다.

또한 창신교 제국파라 불리는 교회의 신자들은 기부금을 자의적으로 정할 수 있었으므로 점점 변질되고 만 것이다.

"하지만 그 창신교 제국파 교회도 이제는 전부 사라진 셈이지."

"예. 그렇다는 건……."

"새로 재건하는 도시에도 교회는 필요하겠지? 그쪽이 말하는 잘못된 교의를 따르는 교회는 마인들이 의도치 않게 숙청해준 셈이니 말이다."

"즉, 올바른 교의를 따르는 교회를 새로 생기는 도시에 건설할 수 있다는 말씀이군요."

"그런 거다. 뭐, 사실 영토가 분배될 국가들은 일반적인 총본산파의 교의를 따르고 있으니 새 교회가 늘어나는 정도로 인식하지 않을까?"

"그렇군요. 교회가 늘어나는 건 기쁜 일이지요."

아우구스트가 제시한 두 나라의 이익.

그것은 부흥을 위한 건설 공사 등을 엘스에 발주하는 것과 창신교 총본산파의 교회가 늘어나는 것.

하지만 그것들을 실현시키려면 마인령을 지배한 마인과

마물을 필수적으로 토벌해야만 했다.

"자, 그럼 엘스에 비해 실질적인 이익은 적은 편이지만…… 이스는 이번에 그 이상의 어떤 요구는 하지 않겠지?"

"……예. 그자를 대표로 세운 건 이쪽에 잘못이 있으니까요. 이번에는 조금이라도 이익이 있으면 납득해야 하는 입장이니……."

"그럼 협력해 주겠나?"

"애당초 마인들의 위협에서 눈을 돌리는 건 교의에 반하는 일입니다. 당연히 협력하겠습니다."

"그런가. 자잘한 조정과 실제 작전 행동에 관한 건 앞으로 차근차근 정해나가야겠지만, 일단…… 잘 부탁하마."

오그는 그렇게 말하며 테이블 위에 오른손을 내밀었다.

"예, 이쪽이야말로 잘 부탁드립죠."

"잘 부탁드립니다."

나바르와 마키나는 그 손을 잡고 악수했다.

알스하이드, 엘스, 이스, 거기에 주변국들까지 더한 세계 연합이 발족된 순간이었다.

◆

"오, 왔네. 어땠어?"

"음, 엘스와 이스 쪽은 납득해줬다. 정식 조인식은 세부적인 사항이 정해진 후가 되겠지만."

오오! 굉장해! 정말로 세계연합이 발족했어!

"……왜 그런 눈으로 봐?"

"아니…… 넌 진짜 굉장한 녀석이었구나……."

"너…… 지금까지 대체 날 어떤 눈으로 본 거냐?"

"응? 그야 악랄한 계획이랑 사람 놀리는 걸 좋아하는 능구렁이 왕자?"

"너, 너어……."

어라? 오그가 부들부들 몸을 떨었다. 제법 적확한 의견이라고 생각하는데…….

"전하를 그런 식으로 말하는 건 너뿐이야."

마리아가 또 기막혀 했다.

그런 걸 내가 어떻게 알아.

"맞아. 세간에서는 총명할 뿐만 아니라 미남에다 마법 실력까지 뛰어난 왕실 역사상 최고의 걸물이라는 게 일반적인 평가였어."

"……플레이드…… 표현이『과거형』인 건 어째서지?"

"아, 죄송합니다. 하지만 평소에 신과 어울리시는 걸 봐서 그런지 이젠 꽤 가깝게 느껴져서요."

"……역시 만악의 근원은 신, 너였잖아."

"어째서?! 그게 오그의 본성이었던 것뿐이잖아. 그보다…… 날 나쁘게 말하면 시실리가 화낼걸?"

"흠?"

오그가 시실리를 돌아본 순간.

"아……아하하하……."

어라?

"신 군과 만나기 전에는 설마 전하께서 이런 성격이실 줄은 전혀 몰랐으니…… 이런 모습을 볼 수 있게 된 것도 역시 신 군 덕분이구나 싶어서요."

왠지 모호하게 웃어 넘겼다. 알스하이드 국민에게는 지금의 이 모습이 오히려 의외였던 건가?

"참 나, 돌아오자마자…… 조금 전까지의 시리어스한 분위기가 그립군."

"시리어스?"

오그가?

"저기…… 정말로 굉장하셨습니다. 어제도 오늘도 계속 주도권을 잡은 채로 엘스와 이스의 대표에게 연합 참가 결정을 성공적으로 받아내셨으니까요."

토르가 회담에서의 활약을 간략하게 알려주었다.

진짜냐.

"전하의 늠름하신 모습은 참 오랜만에 본 것 같구려."

"……율리우스."

"아차, 실언이었소이다."

그러자 멤버들이 웃음을 터트렸다. 이제는 정말 좋은 팀

이 된 것 같다.

"그러고 보니 우리를 소개하겠다고 했잖아? 그건 어떻게 된 거야?"

"오늘 연합 체결을 축하하는 만찬회를 열 예정이니 그때 소개할 거다. 당장은 할 일도 없으니 일단 해산하고 저녁 때 다시 집합하도록 하지."

그런가. 그게 끝나면 삼국 회담은 종료라는 뜻이군.

중간에 터무니없는 사건도 있었지만, 결과적으로는 원만하게 끝나서 다행이었다.

아직 오전이라 다 같이 점심을 먹은 후 저녁에 우리는 회담이 열렸던 레스토랑으로 이동했다.

회담은 2층의 개별실에서 한 모양이지만, 만찬회는 1층에서였다.

엘스와 이스의 사절단도 왔을 테니 아마 사람이 꽤 많겠지.

"알스하이드 왕국의 사절단 일행께서 도착하셨습니다."

레스토랑에 도착하자 웨이터가 안에 소식을 전하고 문을 열었다.

그리고 안으로 들어가자 성대한 박수가 우리를 맞이했다.

오오…… 굉장해. 여러모로 걱정이 많았던 회담이었지만, 다들 우리를 환영하는 분위기였다.

오그는 정말 굉장한 녀석이었구나…….

"아우구스트 전하. 그리고 그쪽이 그 유명한 얼티밋 매지션즈 여러분과…… 마왕 씨와 성녀 씨겠군요?"

이게 엘스 억양인가? 엘스 출신이라는 걸 바로 알 수 있을 것 같은 말투였다.

"그래, 이 녀석이 마왕 신 월포드. 이쪽이 성녀 시실리 폰 클로드다."

"처음 뵙겠습니다. 저는 엘스 자유 상업 연합국의 우사마 나바르라고 합니다. 앞으로 잘 부탁드리죠."

"아, 신 월포드입니다. 저야말로 잘 부탁드려요."

"시실리 폰 클로드예요. 잘 부탁드립니다."

"호오…… 소문대로 굉장한 미소녀시군요. 마왕 씨가 부럽네요."

"마왕 씨라니……."

"아으…… 그런……."

사람들이 이름이 아니라 점점 호칭으로 부르기 시작했다. 방금 평범하게 마왕 씨라고 불렀지?

"어라? 이스 분들은 인사드리지 않아도 괜찮겠습니까?"

"아뇨, 사실 저희는 아침에 미리 봬서……. 나중에 다시 따로 인사드릴 예정이었습니다."

"그랬군요. 그건 그렇고 마왕 씨."

"제발 그 호칭 좀……."

"잠시 따로 상담드리고 싶은 게 있습니다만…… 괜찮을까요?"

"나바르 외교관. 만찬회는 이제 막 시작한 참이지 않나. 그런 건 나중에 하도록."

"아, 죄송합니다. 왠지 마음이 급해서."

나바르 씨는 아하하 하고 웃으며 엘스 사절단 쪽으로 돌아갔다.

"자, 그럼 자잘한 조정과 정식 조인식은 아직이지만 이 세계의 위기를 구하기 위해. 그리고 서로의 조국이 발전하기 위한 중요한 기본합의를 성공리에 마친 것을 매우 기쁘게 생각한다. 그럼 우리의 미래에…… 건배."

""""건배!""""

오그의 건배사로 입식형식 만찬회가 시작되었다.

시작됐지만…….

"마왕 씨! 아까 드린 말씀 말인뎁쇼!"

"앗! 잠깐! 치사하잖슴가, 나바르 씨! 우리도 마왕 씨랑 이야기하고 싶은디!"

"맞아요! 혼자서 독점하는 건 좋지 않다고요!"

"뜨아! 시끄럽데이! 이런 건 빠른 놈이 장땡인기다!"

엘스의 상인들이 일제히 내 쪽으로 모여들었다.

"후후, 신 군. 굉장한 인기네요?"

"이런 아저씨들에게 인기 있어 봤자 전혀 안 기쁜데……."

"어라? 그럼 젊은 여자애들한테 인기 있고 싶은 건가요?"

……응? 시실리의 표정이 왠지 무섭네? ……몰래 팔도 꼬

잡고 있고.

아, 아얏! 평범하게 아파!

“하아…… 소문대로 러브러브하구만…….”

“참말로…… 우리 마누라도 옛날에는 참 귀여웠제…….”

“그 바다사자가?”

“바다사자 아이다!”

“그럼 먼데?”

“바다 코끼리데이!”

뭐야 이 만담은!

“풋! 아하하하! 아하하하하!”

시실리가 폭소했다.

“오, 지대로 먹혔나 보다.”

“거 다행이구만. 사실대로 말한 보람이 있었네?”

“진짜였나!”

“아하하하! 아하하하하!”

웃음보를 제대로 자극했는지 시실리는 웃음을 멈추지 못했다.

“아하하, 후우~. 아하하! 죄, 죄송합니다. 이런 실례를…….”

“아뇨, 아뇨. 그 유명한 성녀님을 웃겨드리는 건 진귀한 경험인걸요.”

“술집 언니도 자지러지게 웃더마.”

“그거 영업용 아이가. 실은 니 개그 하나도 안 웃기다.”

"그런 거였나?!"

"당신들! 만담하러 온 거야?!"

앗! 나도 모르게 태클을 걸고 말았다.

그러자 엘스 사절단 사람들이 깜짝 놀란 표정을 지었다.

"오오, 억수로 날카로운 태클이데이……."

"마법사의 왕이라고 불리면서 태클까지…… 거 참 무섭구마……."

"그거?! 무서워할 부분이 그거야?!"

앗, 또.

그러자 이번에는 오오 하는 목소리가 들렸다.

"이야~ 감복했습니다. 진짜 존경합니다."

"그런 존경은 필요 없거든?!"

""""오오.""""

"이젠 됐어!"

그제야 만담이 끝났다.

참고로 시실리는 계속 웃고 있었다.

"하아…… 그래서요? 결국 무슨 용건이셨는데요?"

"아, 그랬지. 실은 제가 듣기론 마왕 씨는 마도구 제작 능력도 굉장하다면서요? 그래서 저기, 얼마 전에 국가 간에서 쓰이게 된 그 물건 말인데……."

"그 물건? 아, 통신기 말인가요?"

"예, 예! 그거요! 그걸…… 몇 개쯤 제공해주실 수 없겠습니까? 당연히 요금은 지불하죠! 이렇게 부탁드립니다!"

"아앗! 나바르 씨, 새치기는 치사하잖아요! 마왕 씨, 아니. 마왕님! 제발 우리한테도 좀 팔아주십쇼!"

"저희도 부탁드립니다!"

우와아…… 아저씨들이 나 같은 연하에게 일제히 고개를 숙이다니…… 그렇게까지 통신기가 필요한 건가? 뭐, 원거리에서 단숨에 정보를 주고받을 수 있으니 상인이라면 당연히 탐이 나긴 하겠지만…….

"아니…… 그렇게 말씀하셔도 통신기는 이번에 문을 열 상회에서 팔 상품이라서요. 게다가 아직은 국가 간 통신으로만 써야하는 물건이라 나라에서 허가도 필요하니 저 개인에게 부탁하셔봤자 어쩔 수 없다고 해야 할지……."

"그럼! 그 상회에 발주하고 허가만 받으면 살 수 있다는 거군요?!"

"뭐, 그런 셈이지만……."

상회에서 살 수 있다는 말에 엘스 상인들은 무척 기뻐했다.

"그 상회 자체가 아직 안 열렸는데요?"

하지만 곧 그 표정은 절망으로 물들고 말았다.

엘스 상인들은 왠지 반응이 재밌는걸.

"그, 그럼…… 언제 열리는 거죠?"

"이 회담이 끝나고 귀국했을 때쯤이면 점포 준비도 끝날 테니, 제가 도착하는 대로 열 예정이라고 하던데요."

"그럼 전 곧장 엘스로 돌아가지 않고 알스하이드를 경유하도록 하겠습니다!"

"거 참 좋은 생각이데이!"

"자, 모두에게 전해! 알스하이드에 들렀다 귀국할 거라고!"

즉결이냐. 분명 엘스는 옛 제국을 기점으로 동쪽으로 한참 가야 있다고 들었는데…… 그러면 엄청 돌아서 가는 거 아닌가?

"이야~ 이번 외교는 소득이 참 많았네요."

"참말로요. 꿈에 그리던 원거리 통신기……."

"꿈이 커지는군요."

엘스 상인들은 아직 보지 못한 통신기를 상상하며 미소 지었다.

"신! 클로드! 이리 좀 와 봐!"

"아, 죄송합니다. 오그…… 전하가 불러서요."

"죄송합니다. 이만 실례할게요."

"예. 이거 혹시 그건가요? 여러분을 소개하겠다는 그?"

"아마 그럴 거예요."

우리는 엘스 상인들에게 양해를 구하고 오그에게 다가갔다. 그러자 이미 팀 전원이 모여 있었다.

"식사 중 미안하다만, 잠시 주목해다오."

오그가 그렇게 말하자 엘스와 이스의 사절단이 이쪽으로 시선을 돌렸다.

"이번 동맹으로 마인령에 침공할 준비가 갖춰졌다. 하지만 마인들은…… 상당히 강해."

그 순간, 양국 사절단이 술렁였다.

"하오나 전하. 항간에 도는 소문에 의하면 이번에 출현한 마인은 전에 현자님께서 토벌하신 마물보다 한참 약하다고 들었습니다만……."

"마키나 사교, 그건 착각이다. 결과만 놓고 봐서 그런 소문이 돌게 된 거다. 이 스이드 왕국에는 실제로 마인과 싸워본 자들이 있지. 그럼 그들에게 한 번 물어보겠네. 이중에 마인이 약하다고 느낀 자는 있는가!"

여긴 스이드 왕국이라 레스토랑 안에도 스이드 왕국병이 경비로 다수 배치되어 있었다.

"보다시피 아무도 찬동하지 않는군."

하지만 그들은 손을 들기는커녕 고개를 숙이고 입술을 깨물 뿐이었다. 개중에는 몸을 떠는 사람도 있었다.

"솔직히…… 아우구스트 전하께서…… 얼티밋 매지션즈 여러분이 와 주시지 않았다면…… 이 나라는 멸망했을 겁니다."

경비병 중 한 명이 그렇게 발언했다.

"하, 하지만 그들이 오기 전까지는 버텼잖아요? 그럼……."

"저희가 버틸 수 있었던 건 전적으로 마왕님이 만드신 방어 마도구 덕분이었습니다. 그 마도구 덕분에 간신히 버티긴 했지만…… 이쪽의 공격은 전혀 통하질 않았고, 방어 마도구가 있는데도 저희의 능력 부족으로 방어선을 돌파당해…… 적지 않은 희생자가 발생했지요."

병사는 입술을 깨물며 분한 목소리로 대답했다.

"그런 상황에서 저희를 구해주신 것이 바로 여기 계신 얼티밋 매지션즈 여러분이었습니다! 저는…… 아니, 우리 스이드 왕국민은 그런 여러분께 큰 감사와 경의를 품고 있습니다! 정말 감사했습니다!"

그리고 경비병 전원이 일제히 고개를 숙였다.

크루트 왕국에서는 희생자가 없었지만, 스이드 왕국에서는 꽤 많은 희생자가 발생했다고 들었다.

아직도 준비를 소홀히 했던 것을 후회하고 있는 거겠지.

내 표정이 어두웠는지 시실리가 살며시 손을 잡아 주었다.

시선을 돌리자 그녀는 걱정스러운 얼굴이었지만, 그래도 나에게 미소를 보여주었다.

그것만으로도…… 조금이나마 구원받은 기분이 들었다.

"그럼 그렇게 강한 마인을 대체 어떻게 쓰러트리겠다는 거죠?"

"그건 우리가 할 거다. 이…… 얼티밋 매지션즈가 말이지."

그 순간, 오오 하고 감탄성이 울려 퍼졌다.

"다시 소개하지. 마왕 신 월포드가 이끄는 얼티밋 매지션즈다."

오그가 우리를 소개하자 박수가 터졌다.

박수를 보내는 건 주로 경비병들이었다.

응, 이제 슬슬 일에 집중하는 건 어떨까?

하지만 엘스와 이스 사절단은 당혹스러운 기색을 보였다.

"마인들은 우리가 상대하겠다. 각국에는 마인령에 만연한 마물들의 토벌을 부탁하고 싶군."

"하, 하지만…… 아무리 그래도 이제 갓 성인이 된 열대여섯 살의 애들에게만 맡기는 건 좀……."

"어른으로서 저항감이 있군요."

"그럼 묻겠다만, 귀공들의 나라에 단독으로 재해급 마물을 토벌할 수 있는 자는 있나?"

"재, 재해급 마물을 단독으로 토벌?!"

"그런 말도 안 되는…… 재해급 마물은 군이 총력을 기울여야 간신히 토벌할 수 있지 않습니까. 그런 인간이 존재할 리 없어요!"

그런 인간이 존재할 리 없다라……. 그 말을 들은 순간, 다들 미묘한 표정을 지었다.

"하지만 마인을 토벌하려면 그 정도의 힘이 필요해. 그 이유는……."

양국 사절단은 숨을 삼켰다.

"마인들이 그 재해급 마물과 거의 동등한 수준으로 강하기 때문이다."

그 말에 사절단은 절망적인 표정을 지었다. 특히 호위병들의 얼굴이 새파랗게 질려 있었다. 트라우마인가?

"그…… 그렇다면 이 세계는 이미 끝장난 거나 다름없지 않습니까!"

"오오, 주여……. 저희를 구원해주소서……."

"지금 무슨 말을 하는지 모르겠군. 방금 말했을 텐데? 스이드 왕국을 습격한 마인들은 우리가 격퇴했다고. 그 후에 크루트 왕국에 나타난 마인들을 격퇴한 것도 우리였다만?"

양국 사절단은 경악할 수밖에 없었다.

"그게…… 사실이라면…… 여러분은……."

"재해급 마물을 단독으로 토벌할 수 있는 자들뿐이다."

"뭐, 뭐시라?!"

"그, 그게 사실입니까?!"

"그래. 그렇지 않으면 마인들을 격퇴할 수 없었겠지? 이걸로 안심했나?"

"예…… 그야 뭐……."

"뭐지? 뭔가 더 말하고 싶은 게 있는 모양이군."

"아, 아뇨. 아무것도 아닙니다……."

"그래? 말하기 곤란하다면 내가 대신 말해줄까? 이만한 전력을 갖춘 알스하이드는 마인의 뒤를 이은 위협이 될지도 모른다. ……내 말이 틀렸나?"

"아뇨……. 그게 뭐랄까……."

"겨, 결코 그런 생각은……."

“나라면 당연히 그렇게 생각할 거다.”

오그의 직구에 양국 대표는 쩔쩔맬 수밖에 없었다.

직구도 어지간해야지.

“나는 귀공들이, 그리고 다른 나라들이 무엇을 걱정하는지 알고 있다. 하지만 난 그걸 알면서도 이 팀을 조직했다. 그 이유를 알겠는가?”

“……세계 평화를 위해.”

“그 말대로다. 마키나 사교. 세계 평화를 위해 이 팀을 조직한 거다. 따라서 이 자리에서 선언하지.”

이미 만찬회장은 완전히 오그의 지배하에 있었다. 나도 이런 모습은 처음 보았다.

“얼티밋 매지션즈는 알스하이드 왕국의 고유 전력이 아니다. 이 소동이 가라앉은 후에는 각국에서 파견한 인원의 감시하에 초국가적 조직으로서 세계 평화에 이바지하겠다고.”

그 선언이 끝난 후, 만찬회장은 침묵에 빠졌다.

모두가 오그의 말을 곱씹으며 점점 감정을 겉으로 드러내기 시작했고, 이윽고…….

““““우오오오오오오오!””””

거대한 환호성이 터졌다.

“그거 좋군요! 만에 하나의 일이 터지면 얼티밋 매지션즈가 달려와준다 이거 아닙니까!"

"그야말로, 그야말로 창신교의 교의를 체현한 듯한 조직이군요! 훌륭합니다!"

엘스와 이스 사절단은 환영했다. 행동지침을 전한 것뿐만 아니라 각국에서 파견 인원을 받을 거라고 했기 때문이겠지.

각국의 파견원이라는 이름의 감시가 있다면 섣부른 짓을 할 수 없을 테니까.

"그럼 그 조직은 언제부터 가동하는 거죠? 이쪽도 최대한 빨리 파견할 사람을 선정해야 할 것 같습니다만."

"그것 말이다만."

"예."

"2년 반 후다."

"……예?"

"뭐야? 잊은 거냐? 우리는 아직 알스하이드 고등 마법학원의 1학년이라고? 즉, 실제로 조직으로서 움직이는 건 우리가 졸업한 후가 되겠지."

요즘 깜빡하는 경향이 있지만, 우린 아직 고등학교 1학년이었지…….

"……그러고 보니……."

"너무나도 강대한 전력이라 완전히 잊고 있었군요……."

특히 엘스 대표가 아쉬워 보였다. 왜지? 혹시 운송 호위도 맡기고 싶었던 건가? 하지만 그건 호위를 생업으로 삼은 마물 헌터들의 일감을 뺏는 일이 될 테니 오그가 받을 생각 없다고 했었다.

"이 기회를…… 이 기회를 타서 얼티밋 매지션즈 여러분과 친해질 수 있도록 미남미녀들만 뽑아서 보낼 생각이었건만!"

"그건 말하면 안 되는 거잖아!"

진짜 만만치 않은 아저씨네!

그리고 마리아랑 앨리스랑 유리는 내심 기뻐하지 마!

〈계속〉

■작가 후기

연인이나 배우자가 해주면 기쁜 일에는 어떤 것들이 있을까요?

손잡기? 팔짱?

여러 가지가 있겠지만, 제 경우는『목깃을 고쳐주는 것』입니다.

뭐랄까, 흐트러진 복장을 아무렇지 않게 고쳐주는 행위에서 친애의 정이 느껴져서 왠지 좋더군요.

뭐, 중학생 때 좋아하던 여자애가 다른 남자애의 목깃을 고쳐주는 걸 봤을 때 굉장히 부러워했던 기억이 있기 때문이기도 합니다만…….

그 후에 실제로 여친이 생기고 목깃을 고쳐줬을 때, 뭐라 형언할 수 없는 행복감을 맛봤던 추억이 떠오르네요.

그래서 작중에서도 신과 시실리의 러브 씬 중 하나로 넣어봤습니다.

제가 신과 같은 나이였을 때는 부러워서 참을 수 없었던 행위를 아무렇지 않게 하다니…….

제가 쓴 거지만 무심코 질투할 뻔했네요.

그런 고로 이번 5권은 전투 씬이 적은 만큼 연애 요소에서 분발해봤습니다.

인터넷 연재 중에도 이쯤에서 러브 씬이 많았습니다만, 이번에는 대폭 가필까지 했습니다.

달달하다 못해 입에서 설탕을 뱉어낼 정도로 즐겁게 읽어 주셨으면 좋겠습니다.

복잡하게 뒤얽힌 연애도 이야기의 즐거움 중 하나라고 생각합니다만, 영상으로 볼 때는 의외로 아무렇지 않아도 소설로 읽으면 왠지 이상하게 마음이 피폐해지지 않나요?

적어도 전 그랬습니다. 뭐라 형언할 수 없는 기분이 들더군요.

제가 이야기를 쓸 때는 적어도 독자분들에게 그런 기분이 들게 하고 싶지 않습니다.

그래서 『현자의 손자』에서 각 커플의 상대는 단 한 사람뿐이고 틈만 나면 알콩달콩한 장면을 넣어봤습니다.

……절대로 제 취향 때문만은 아닙니다.

독자 여러분이 모처럼 소설을 읽은 후에 저와 같은 씁쓸한 기분을 맛보게 하고 싶지 않아서였습니다.

어차피 읽는 거라면 다 읽은 후에 마음이 따끈따끈해지고 기분이 상쾌해지는 이야기를 쓰고 싶었습니다.

실은 저번 4권 발매 전에 난생 처음 인터뷰라는 것을 받았습니다.

그때는 이미 후기까지 입고한 후라 언급하지 못했습니다만, 당시 질문 중에 어떤 계기로 이 글을 쓰기 시작했냐는 것이 있었습니다.

사실 이 『현자의 손자』를 쓰게 된 계기는 마침 개인적인 일로 받은 스트레스를 해소할 수 있는 글을 읽고 싶다는, 완전히 자기만족에 가까운 이유 때문이었습니다.

그렇게 제 스트레스를 발산하는 사이에 읽어주시는 독자분들이 늘어났습니다.

그래서 어차피 쓸 거라면 여러분이 평소에 가지고 계신 스트레스를 발산할 장소를 제공하는 게 어떨까 하는 생각이 들기 시작하더군요.

여러분도 이 소설을 읽고 스트레스가 발산됐다면 그 이상의 기쁨은 없을 겁니다.

그런 제 개인적인 욕망을 위해 시작한 이 『현자의 손자』도 여러분의 지지와 여러 관계자 분들의 도움으로 벌써 5권까지 발매됐습니다.

많은 분들이 이 작품에 관여해주시고, 다양한 미디어로 전개되는 것이 기쁘고 감사해서 견딜 수가 없는 요즘입니다.

제 인생에서 이렇게 많은 사람의 도움을 받은 적이 과연 있었을까요? 아마 없었을 겁니다.

그런 가운데 항상 저에게 많은 시간을 내주시는 담당 편집자 S씨.

신간이 나올 때마다 하는 미팅은 매번 몇 시간이나 걸리곤 합니다.

그중 8할은 제 잡담입니다.

하지만 서로 기탄 없이 솔직한 대화를 나눌 수 있는 건 굉장히 귀중한 일이라 생각합니다.

그러니 앞으로도 잘 부탁드립니다.

그리고 이번에도 멋진 일러스트를 제공해주신 키쿠치 선생님.

이번 표지로 주요 여성진이 전부 한 번씩은 등장했습니다.

저는 그리지 못하는 멋진 그림을 매번 그려주시다 보니 무심코 다양한 리퀘스트를 하고 싶어지네요.

또 S씨와 이런저런 대화를 통해 다음에는 어떤 표지로 할지 정해볼까 합니다.

그리고 이 5권이 나오기 며칠 전에 만화판 『현자의 손자』 1권이 발매되었습니다.

이쪽에 관해서는 몇 가지 사소한 요망과 대사 확인 외에는 작화 담당인 오가타 선생님께 전반적인 구성을 맡기고 있습니다.

만화 쪽은 거의 아는 게 없다보니 제가 함부로 참견했다간 작품의 질이 떨어질 것 같았기 때문입니다.

그러다 보니 매번 네임과 완성 원고를 받는 게 즐거워서 견딜 수가 없더군요.

만약 아직 보지 못한 분이 계시다면 꼭 만화판 쪽도 구입해서 소설과 만화를 비교하면서 읽어주시면 감사하겠습니다.

거의 제 머릿속의 정경이 그대로 재현되어 있으니까요.

그리고 늘 인터넷 연재를 읽어주시는 독자 여러분.

이 책을 구입해주신 모든 분들께도 감사를.

여러분의 스트레스 발산에 도움이 될 수 있도록 앞으로도 노력할 테니 아무쪼록 앞으로도 잘 부탁드리겠습니다.

2016년 11월 요시오카 츠요시

유리의 머리카락은

밝은 색이었군요. (;´д`)

여태까진 꽤

진한 색으로

칠했네요…….

(°ㅁ°)손—자—

■역자 후기

안녕하세요, 오랜만의 본격적인 러브 코미디 전개에 열심히 벽에 머리를 찧으며 작업했던 역자 최승원입니다.

그러고 보면 제가 처음 맡았던 작품도 엄청나게 달달한 러브 코미디였네요……. 당시에는 익숙하지 않은 작업이라 정말 여러모로 고생이 많았습니다만, 이제 와서는 좋은 추억입니다.

그리고 이번 후기로 앞으로의 연애 전개도 거의 확정된 셈이네요. 사실 하렘물의 경우는 얼핏 문란하게 보여도 실제 전개는 여러 캐릭터를 동시에 진행해야 하다 보니 진도 자체는 그리 많이 나가지 못하는 이야기가 의외로 많습니다만, 일대일 커플이 되면 반대로 그만큼 진도가 빠를 수밖에 없는 것 같습니다. 덕분에 이번 권에서는 정말이지…… 분명 인터넷 연재판에선 이 정도까진 아니었던 것 같은데 말이죠.

정말 무더웠던 여름이 지나고 슬슬 날씨가 쌀쌀해지기 시작했습니다만, 독자 여러분께서는 아무쪼록 건강 유의하시길 바라며 이만 짧은 후기를 마칩니다. 건강 최고!

현자의 손자 5
광란노도의 삼국회담

초판 1쇄 발행 2018년 11월 10일

지은이_ Tsuyoshi Yoshioka
일러스트_ Seiji Kikuchi
옮긴이_ 최승원

발행인_ 신현호
편집국장_ 김은주
편집진행_ 최은진 · 김기준 · 김승신 · 원현선 · 권세라
편집디자인_ 양우연
국제업무_ 정아라 · 김태환
관리 · 영업_ 김민원 · 조인희

펴낸곳_ (주)디앤씨미디어
등록_ 2002년 4월 25일 제20-260호
주소_ 서울시 구로구 디지털로 26길 111 JnK디지털타워 503호
전화_ 02-333-2513(대표)
팩시밀리_ 02-333-2514
이메일_ lnovelpiya@naver.com
L노벨 공식 카페_ http://cafe.naver.com/lnovel11

ISBN 979-11-278-4728-9 04830
ISBN 979-11-278-3969-7 (세트)

값 7,000원